Memortem

OUTRENOIR
Collection animée par Loïc Di Stefano

16, rue Claude-Tillier
75012 Paris

ISBN : 978-2-35083-091-9

www.kubik-editions.fr
Facebook : Kubik éditions

SERGE GISQUIÈRE

Memortem

OUTRENOIR

KUBIK ÉDITIONS

MeMorTem
VICTOR ZERR

I

Écume aux lèvres, rage aux vents, les vagues dévorent les contours de la petite île. Insatiables, affamées, le ventre creusé par les rafales qui les galvanisent en hurlant. Elles frappent, battent, explosent, mordent la pierre, la submergent et la noient, puis se dispersent avant de revenir pour un nouvel assaut. Les ténèbres grondent, mitraillant de pluie ce à quoi l'océan ne peut prétendre. Légions de gouttes qui martèlent, piquent, usent et ruissellent, s'immisçant par leurs plaies jusqu'au cœur des rochers pour en piller au passage quelques infimes fragments. Eau contre pierre, combat inégal ? On ne donne pas cher du premier. Et pourtant... Lentement l'eau ronge, passe et repasse, qu'importe l'opposant. Elle s'avance et fuit, insaisissable, c'est sa force. Ruisseau ou torrent, elle vient à bout de tout, comme le tourment vient à bout de la raison, parfois.

Dégoulinante au milieu du déluge, une maison surnage, abritée des plus violentes bourrasques par le point culminant. Solitaire sur ce morceau de rocher, sa robustesse la condamne à de nombreux combats encore contre les éléments. La fissure d'un volet laisse filtrer une faible lueur. Dos à la tempête, assis devant une table vétuste, un homme est voûté sur son ordinateur portable dans la quasi-obscurité. Épaules massives arrondies sous la maille détendue d'un pull usé, cheveux hirsutes se découpant en ombre chinoise dans le contre-jour de l'écran. Les doigts frappent les touches d'un rythme lent et régulier, comme si l'homme parlait sans appel, d'une voix posée :

« *L'oubli a un prix dont la mort, seule, a les moyens de vraiment s'acquitter.* »

Le dossier de la chaise grince sous le buste qui s'est reculé. Prendre ses distances avec les mots pour mieux les jauger, comme on s'éloigne d'un tableau pour davantage s'en imprégner. Le regard passe et repasse sur la phrase, lui infligeant l'épreuve de la relecture pour voir si, mimant l'eau, l'habitude n'en arrache pas un morceau. Suspendu un moment à sa réflexion, l'homme finit par reposer les doigts sur le clavier pour supprimer l'adverbe, trop pingre à son goût. Comme si la mort comptait ses sous !

« *L'oubli a un prix dont la mort, seule, a les moyens de s'acquitter.* »

Il s'accoude, plonge les doigts dans sa tignasse, soulage sa nuque, puis serre les poings devant son visage pour y appuyer le front. Ses yeux se ferment. Une sonnerie d'école retentit...

II

C'est la fin des cours. Une marée d'enfants jaillit des grilles ouvertes pour se répandre parmi les parents, noie le trottoir trop étroit puis s'écoule dans les rues adjacentes. Un élève sort à la traîne, un livre à la main. Il a huit ans et boit les premières lignes en marchant. Ses pas remontent les allées de la cité au fil des pages, guidés par l'habitude, traversent le hall sinistre de l'immeuble, empruntent l'escalier. Chapitre deux, six mois que l'ascenseur est bloqué.

Une odeur de repas l'accueille sur le palier. La cuisine donne directement à gauche dans le couloir d'entrée.

Assise sur sa chaise, dans son vieux tablier, la mère ne quitte ses fourneaux que pour s'acquitter de corvées domestiques. En se mettant en ménage, elle aspirait sans doute à autre chose que récurer le lino d'une habitation à loyer modéré. C'était un rêve, il y a longtemps, c'est presque oublié. Elle embrasse son fils, unique source où s'abreuvent encore ses sourires :

— Ça a été ?

Le fils fait oui de la tête, prend le gâteau sec que sa mère a tiré de sa poche pour lui glisser dans le creux de la main, puis file dans sa chambre.

Dans le salon, vautrés dans le canapé, son père et son frère aîné sont vissés au match de foot retransmis à la télé. Leur indifférence à sa présence n'est distraite que lorsque l'enfant traverse la pièce, nez dans son bouquin, masquant brièvement l'écran.

— Oh !

Le « oh ! » qu'il prenait pour un bonjour le soustrait à sa lecture et le fige un instant. C'est en voyant son père le mugir à nouveau, de face et plus fort, qu'il conclut à une banale exhortation à foutre le camp. Il ne l'a plus embrassé depuis des lustres. Ou il était trop petit pour se souvenir. Ou ça n'est peut-être jamais arrivé.

Les deux frères partagent la même chambre si l'on en croit les lits superposés, les posters de l'équipe de France qui tapissent l'étage du dessus et, à celui du dessous, la petite étagère sur laquelle quelques ouvrages sont alignés. L'enfant se soulage de ses baskets en posant son cartable au pied du lit, se glisse dans son antre et s'adosse à l'oreiller. Il lit. Destin grand ouvert tant que le roman ne sera pas fermé. Le monde du réel n'existe plus, à part peut-être le petit gâteau dont il croque un morceau.

Chapitre trois, le rêve s'éteint, l'histoire lui échappe des mains. Son frère a entrepris de lui faire payer la défaite des Bleus en lui piquant son bouquin.

— Rends-moi ça ! Rends-le-moi ou je te...

— Ou tu me quoi ? Hein ? Tu me quoi ?

Plaqué par la gorge contre le mur, le jeune garçon tente la diplomatie, invoquant le respect des institutions :

— C'est à l'école, s'il te plaît !

Motivation supplémentaire pour le sécheur de cours qui n'en espérait pas tant. Sourire crétin, il lâche prise et court goinfrer son bonheur dans le salon en tenant le livre à bout de bras.

— Rends-le-moi ! Rends-le-moi !

Entre rage et désespoir, il course son frère autour de la table basse. Répandu torse nu sur le skaï bas de gamme du canapé, le père n'émerge que lorsque le manège l'empêche d'atteindre son paquet de clopes :

— Oooooh, c'est quoi l'histoire ?

Dressant son quintal dans un bruit de moiteur molle décollée de coussins avachis, le paternel arrache le volume des mains de l'aîné. Vu sous l'angle du budget, comment une merde pareille a-t-elle pu atterrir entre ses pognes de chef de famille ?

— C'est ta mère qui a acheté ça ?

— C'est à l'école... tente de minimiser le cadet.

— Ben tu lis ça à l'école alors.

Sentence prononcée dans un claquement de chair. La torgnole a expédié l'enfant au sol. D'expérience, il sait : ne jamais montrer que ça blesse, ça réarme le bras par pur plaisir de doubler la mise. La tripler parfois. En foot, c'est le coup du chapeau, hat-trick *en anglais. Mais rien ne suit, ni coup, ni trique. En petite forme, le père, aujourd'hui... Juste une baffe, suivie du bouquin volant dans un bruissement de feuilles jusqu'en travers du front, au ravissement benêt de l'aîné, trop hilare pour capter que, comme les Bleus, le but est manqué : le jeune garçon a récupéré son bien. Victoire. Douloureuse, mais victoire quand même.*

III

Les lettres sont gravées en italique sur la plaque cuivrée :

SUZANNE BARN
Thérapie mnésique

L'immeuble en pierre de taille accueille un cabinet feutré, parquet, moulures et lumière tamisée. Suzanne Barn a la quarantaine élégante sans être apprêtée. Cheveux châtains mi-longs à peine coiffés, mèches rebelles dégringolant sur un visage sans maquillage, veste de tailleur ajustée sur une silhouette élancée, jean moulant, tee-shirt échancré, aucun artifice, pas la moindre volonté de paraître. Et par conséquent, une présence troublante.

Enfoncée jambes croisées dans son Chesterfield en cuir, elle prend des notes. Un patient est allongé sur le divan dans le prolongement de ses talons. Visiblement éprouvé, l'homme égraine les mots au fil des souvenirs qui le hantent :

— Ce n'est pas tant l'image du sang qui revient en premier... Même pas les gémissements de ceux qui... Enfin, des blessés qu'on essayait de trouver sous les morts... Ça, on le voit dans des films, le JT... Non, c'est l'odeur. Le sang, la pisse, ceux qui se sont chiés dessus quand ils ont compris... L'odeur, on n'est pas habitué...

Il contracte les narines, ignorant que la puanteur restera inscrite à jamais dans sa chair, que l'ennemi est intérieur et qu'il se faufilera quand il le voudra jusqu'aux tripes, jusqu'au cœur, jusqu'au dégoût, feignant de n'avoir jamais quitté son nez. Suzanne laisse à la sensation le temps de s'évanouir.

— On va s'arrêter là pour aujourd'hui.

Elle se dirige vers son bureau pour rédiger une ordonnance.

— On va passer à la médication, ça va vous aider.

— La médication ? s'inquiète-t-il.

Suzanne s'exprime sans reliefs, d'une voix lisse et blanche. La plupart des médecins sont capables de vous annoncer sur le même ton détaché un bon rhume ou un petit cancer généralisé. Force de l'habitude ? Indifférence ? Diapason du tarif, qui est le même de toute façon ? Les recherches piétinent, la science tarde à se prononcer.

— Une nouvelle molécule, précise Suzanne, destinée normalement à la sclérose en plaques. Qui a aussi des effets sur les enzymes d'un certain type de neurones... Enfin, c'est un peu compliqué, mais ça aide à effacer une catégorie de souvenirs.

— C'est efficace ?

— Oui.

Espérant que le patient n'avait pas mesuré la dimension intime de son oui, Suzanne lui tend l'ordonnance en forçant un sourire :

— Les études le prouvent.

Puis, le raccompagnant à la porte, elle lui livre les recommandations d'usage.

— On fait comme ça ?

— D'accord.

— Respectez la posologie. Et surtout, pas d'alcool durant le traitement !

— Entendu. Au revoir.

Assise dans la salle d'attente, la trentaine transparente, une femme referme le livre dans lequel elle était plongée. La vue de Suzanne la dresse instantanément. Debout, raide, serrant le bouquin contre elle comme une bible, elle ne la fixe pas moins intensément qu'elle ne le ferait d'une apparition. Interpellée par cette posture étrange, Suzanne ne peut éviter d'entrevoir la couverture, une tache blanche sur fond noir, suggérant un tableau abstrait. Impression de déjà-vu… Dysfonctionnement banal du lobe temporal qui inscrit une sensation présente dans la mémoire à long terme, se dit Suzanne. Une éternité que ça ne lui était pas arrivé. Elle met un court moment à la saluer :

— Bonjour.

— Bonjour, lui répond fixement la nouvelle patiente.

Suzanne s'écarte pour l'inviter à entrer. La jeune femme ose un pas timide dans le cabinet, laissant à peine l'espace pour refermer la porte derrière elle. Visage immobile, elle balaie la pièce des yeux, parcourant les murs jusqu'à la fenêtre en encorbellement, détaillant les méandres des moulures puis le mobilier. À en juger par son expression, pénétrer le saint des saints lui ferait le même effet.

— Je vous en prie, asseyez-vous ! lui propose Suzanne en indiquant la chaise devant son bureau.

La jeune femme se ressaisit et s'assied lentement, serrant son livre sur les genoux. Droite comme un cierge, dos éloigné du dossier de la chaise, habituée à le faire tout le temps. Certains trouvent leur place en n'en prenant pas trop, pense Suzanne. Couleurs pastel, coupe intemporelle, cheveux comme vêtements, gestuelle empruntée ; surtout ne pas encombrer. Éviter d'attirer l'attention élevé au rang de religion.

— C'est la première fois que nous nous voyons ? s'enquiert Suzanne en sortant une fiche vierge de son sous-main.

— En vrai ? Oui.

En vrai... Drôle de réponse. La jeune femme perçoit l'étonnement de Suzanne et tente de préciser, bafouillante :

— C'est l'un de mes clients qui... Enfin, je veux dire un client de la librairie qui m'a conseillé de... Peut-être un de vos patients, je ne connais pas son nom...

— Aucune importance, la rassure Suzanne. Vous vous appelez ?

— Alice.

— Alice... répète-t-elle en attendant un nom.

— Adam. Alice Adam.

Alice paraît fascinée par Suzanne qu'elle regarde avec une intensité troublante.

— En quoi puis-je vous aider ?

— Pardon ?

— La raison de votre visite ?

— Ça a commencé ? s'étonne-t-elle. Je ne m'allonge pas sur le canapé ?

— Ce n'est pas obligé, mais... Si vous voulez.

Se levant pour s'installer, Alice s'attarde à nouveau sur la déco. Absence de décoration serait plus juste : ni photos, ni livres, aucun objet personnel... En dehors d'un bureau sans réel cachet et ses deux chaises ; une banquette, un lampadaire et un fauteuil seulement, le strict nécessaire à une consultation. Pourtant ce dénuement la captive. Elle effleure du bout des doigts l'étoffe du canapé avant de s'y allonger, esquissant même un sourire d'incrédulité à l'insu de Suzanne qui prend place dans son Chesterfield. Alice s'étend, regard suspendu aux volutes du plafond.

— J'y vais ? demande-t-elle.

— Je vous écoute.

Le temps d'une profonde respiration, la jeune femme commence :

— En fait... Voilà, j'ai du mal à oublier...

— Tout ou quelque chose en particulier ?

— Tout, rien... C'est marrant, a priori le problème, c'est quand on n'arrive pas à se souvenir, non ?

— Ça dépend.

— Je veux dire Alzheimer, tout ça... Moi c'est l'inverse, j'imprime tout. C'est une maladie aussi ?

— Une maladie, non. La mémoire est facétieuse, elle peut oublier l'inoubliable comme se souvenir du plus improbable. Jusqu'à tisser de faux souvenirs parfois. Il y a l'hypermnésie aussi...

— C'est-à-dire ? se retourne Alice.

— On se souvient très précisément de tous les jours de sa vie.

L'explication fige la jeune femme dans un mutisme inquiet.

— C'est rarissime, tarde à la rassurer Suzanne.

Alice reprend sa position :

— Pas que ma vie ! corrige-t-elle. Quand je lis un roman, les décors, les personnages... Ils entrent dans ma mémoire comme si c'était intime ! Là, le dernier, par exemple...

Suspendant ses confidences, elle se retourne à nouveau pour montrer le livre qu'elle a emporté. Cette fois Suzanne voit distinctement la tache blanche sur fond noir, abstraite, faisant maintenant penser à un profil au-dessus duquel on lit le titre *MeMor*, deux capitales, et le nom de l'auteur au-dessous, Victor Zerr. La réaction que semblait appeler Alice ne vient pas, Suzanne reste muette. Lui faire part de son impression de déjà-vu ? Lui expliquer la notion de dysfonctionnement temporal ? Quel intérêt ?

— Vous connaissez ? poursuit Alice, ponctuant sa question d'une note d'exclamation, comme si Suzanne moins qu'une autre ne pouvait ignorer.

Suzanne fait non de la tête.

— Vous êtes sûre ? insiste-t-elle.

— Euh... oui, s'étonne un peu Suzanne. Et donc ?

Alice masque mal une mine de surprise mêlée de déception. Elle repose la nuque sur le coussin, presque par dépit.

— Tout reste en moi, reprend-elle, ça se mélange. C'est effrayant et en même temps, c'est...

Le silence illustre mieux que les mots la perplexité d'Alice.

— Les différentes mémoires ne sont pas étanches, relativise Suzanne, elles communiquent entre elles...

— Parce qu'il y a différentes mémoires ? l'interrompt Alice.

— Oui.

— Lesquelles ?

— Écoutez, je ne vais pas vous faire un cours...

Alice s'est à nouveau retournée, fuyant l'introspection qu'appelle l'usage du canapé dans lequel elle a tant tenu à s'installer. Suzanne livrerait volontiers son agacement s'il n'émanait de sa patiente la candeur innocente d'une élève curieuse, avide qu'on réponde à ses questions. Presque à contrecœur, elle concède une brève explication :

— La mémoire sensorielle, qui naît in utero ; la mémoire autobiographique qui apparaît en dernier, on se souvient à peine de sa plus tendre enfance ; la procédurale, comment faire du vélo...

— Et pour les souvenirs ? la coupe-t-elle à nouveau.

— Mélange de sensorielle, d'autobiographique, de...

— On peut choisir ?

— Choisir... ?

— Là où l'on veut garder des souvenirs. Vous, par exemple...

— Moi ?

— Oui, vous ? Votre mémoire ?...

— Mademoiselle, si vous êtes venue me voir, c'est que vous avez un problème, pas moi.

— Vous êtes sûre ?

Étonnée à nouveau, Suzanne décide de refermer son carnet de notes :

— Écoutez, on va en rester là. Je ne pense pas que vous soyez à la bonne adresse...

— Je pense que si...

Alice s'est redressée pour harponner de son regard celui de Suzanne, suscitant cette fois un vrai malaise. Un peu abasourdie par cette insistance que l'apparence de la jeune femme n'augurait pas, Suzanne se lève pour clore l'entretien.

— Bon...

— Non, s'il vous plaît ! Je suis désolée, tente-t-elle de se racheter.

Alice s'est immédiatement rallongée, comme une enfant prise sur le fait tente d'effacer une bêtise en faisant un petit pas en arrière dans le temps.

— Je ne suis pas dans les dispositions pour vous entendre de toute façon, persiste Suzanne. Je ne vous compte pas la consultation...

— Je vous en supplie.

— Écoutez...

— Je suis désolée, je me suis mal exprimée. Tout ça est tellement troublant pour moi... Je comprends que là, tout de suite, pour vous, c'est compliqué maintenant, mais... S'il vous plaît, c'est important...

D'un soupir, Suzanne laisse poindre une hésitation. Voilà qu'elle aimerait reculer de quelques secondes pour l'effacer, elle aussi... Mais l'émotion qui baigne le regard d'Alice semble sincère.

Qu'elle n'arrive pas à la cerner, c'est plutôt normal, pense Suzanne, il faut un certain temps avant de se faire une idée. Généralement. Ça n'empêche pas d'avoir un pressentiment, d'arriver vaguement à situer la détresse d'un patient, ou plutôt à écarter certaines hypothèses. Mais rien de tout ça avec Alice. À se demander si le but de sa visite est de chercher de l'aide ou... autre chose.

— Un autre rendez-vous... Juste un autre, s'il vous plaît. Je...

Les larmes se sont mises à couler. Suzanne pressent le pire, que la jeune femme en fasse trop, la supplie, convoque le chantage, bref, tout ce qui la mettrait en porte-à-faux. Mais non. Ne finissant pas même sa phrase, Alice rassemble ses affaires, glisse le livre dans son sac et tente, assez mal, de recouvrer une consistance avant de quitter la pièce. Précisément ce qui infléchit la décision de Suzanne :

— Attendez...

Ses paroles, imitant son soupir, lui ont échappé pour devancer une décision. Ne pouvant reculer, elle se lève à contrecœur pour consulter son agenda.

— Dans trois semaines... Jeudi 18...

— Pas avant ? s'affole Alice. C'est vraiment urgent... N'importe quand, quelques minutes seulement... Si ça ne marche pas, je disparais, je vous promets.

Si ça ne marche pas... C'est justement parce que quelque chose ne marche pas qu'on la consulte, se dit Suzanne. Et qu'on ne promet pas de disparaître.

— Demain, 19 h, finit-elle par abdiquer.

— Merci beaucoup. Merci.

Jamais rendez-vous n'avait procuré plus de soulagement à aucun patient.

— Soyez à l'heure, j'ai une vie aussi, s'empresse-t-elle d'ajouter avant qu'elle ne s'épanche en reconnaissances.

Alice regarde Suzanne pendant un long moment, puis s'éclipse, plus raide et étrange qu'elle n'était entrée.

IV

La porte s'ouvre mollement, poussant le courrier du jour glissé par le gardien. Les nouvelles enveloppes rejoignent contre le mur celles des semaines précédentes, froissées, en vrac, toujours fermées sur le parquet. De la pointe du talon, Suzanne en retient une, coincée sous la porte, qui l'empêchait de la refermer.

Un appartement vaste, quasi-vide, sans vie. Un endroit qu'on jurerait prêt à être quitté dans la foulée d'un déménagement s'il n'y avait ce sofa clair immaculé au milieu du salon, qui semble flotter sur le parquet dans les reflets changeants d'un écran de télé toujours allumé. Suzanne laisse couler son sac sur la table basse et dérive doucement vers la cuisine. Sur un plan de travail vierge de tout ustensile propre à la confection d'un plat, une bouteille de vin rouge à moitié entamée finit dans un large ballon déjà utilisé. Suzanne en descend une profonde gorgée avant de retourner dans le salon s'asseoir sur un accoudoir du vaisseau en cuir blanc cassé.

Les chaînes défilent sous les impulsions de la télécommande. Quelques secondes seulement, jamais plus. Le temps d'une phrase muette, d'un extrait de série sans voix, d'une bribe d'information aphone. Pas de son, juste les images. Trop de maux dans la journée. En dehors, silence.

Les pubs s'enchaînent sans qu'il y ait besoin de zapper, la télécommande échoue sur l'assise du canapé. Berline électrique :

mari passager, femme aux commandes, égalité des sexes pour six cents euros par mois, sans engagement. Lasagne surgelée : virilité recouvrée aux yeux de l'épouse que ce talent culinaire stupéfait devant un trio de copines salivantes. Bonheurs ressuscités sur fond de clichés pseudo-contournés. Programme minceur... Mycoses terrassées... Déodorant casanovesque... Les gens seraient-ils vraiment dupes ? Leur présent, suffisamment déprimant pour espérer l'embellir en achetant des leurres survendus éhontément ? Homo promo ? Syndrome de Stock-homme ? Qui pousse à stocker ce qui nous emprisonne ? La pub suivante met en scène une famille en péril, submergée par les fuites aux couches d'un nourrisson qui pisse à en couler leur vie de couple. La science se mobilise, éprouvette de liquide témoin et nouvelle matière absorbante à l'appui, endiguant les flots, épongeant larmes et mictions. Réconfort des parents devant la progéniture qui se soulage en circuit fermé, urine hermétiquement. La génitrice peut enfiler son plus beau chemisier pour serrer contre elle son bébé étanchéifié, montrant l'exemple à l'aînée qui berce son baigneur dans sa petite robe blanche. Le regard de Suzanne divague quelques secondes sur la jeune enfant, provoquant un vertige diffus, une nausée flottante. Déjà-vu ? Encore ? Elle se ressaisit, plus mal que bien, cherche la télécommande, change de chaîne. De son sac fouillé en urgence, elle extrait une plaquette de cachets, en prend un... non, deux, qu'elle avale en vidant d'un seul trait la seconde moitié de son verre de rouge. Le malaise ne se dissipe pas, s'épaissit même. Elle se lève et sort précipitamment de l'appartement, attrapant sac et manteau au passage.

Sur l'écran, une pâtée animale parachève l'idéal assumé d'une trentenaire célibataire à la chatte rassasiée.

V

Autant l'impression d'un désordre profond naît du dénuement de l'appartement de Suzanne, autant un sentiment de néant se dégage du deux-pièces méticuleusement agencé d'Alice. Pudeur préméditée de couleurs timorées, imitant les tenues aseptisées qu'elle porte la journée. Rideaux neutres et opaques aux fenêtres : éviter tout risque de vis-à-vis, de on-dit, s'interdire de voir comme empêcher d'être vue. Meubles consensuels sur des murs pastel, fauteuil vert, solitaire devant une table basse à – audace ! – trois pieds. À l'évidence, personne ne s'est jamais vu proposer de s'y asseoir pour partager ne serait-ce qu'un thé.

Passant de la salle de bains à la pièce de « vie », Alice resserre le décolleté du peignoir qu'elle vient d'enfiler. La solitude à ceci de remarquable chez certains qu'elle leur impose les rigueurs d'une décence normalement destinée à autrui. Rester présentable, en toutes circonstances, même seule. Le « *on ne sait jamais* » érigé en forteresse du quotidien, parer à toute éventualité, quand bien même l'inattendu ne franchira jamais le cadre verrouillé à double tour d'une porte blindée. D'ailleurs, Alice a fait ajouter une chaînette pour entrouvrir en toute sécurité. Qui n'a jamais servi. Personne n'a encore frappé et elle hésite à se faire livrer.

Souples, pour éviter d'incommoder, les chaussons glissent vers le fauteuil où Alice s'assied. Raide, toujours, genoux joints, dos à distance du dossier. Elle prend le livre posé sur la table, *MeMor*, et en fixe longuement la couverture, ce profil qui paraît crier. Elle l'ouvre enfin et, elle le connaît par cœur, retrouve rapidement un passage qu'elle relit avec une attention médicale. De temps à autre elle secoue la tête, semble ne pas en revenir, en revient quand même, pose le doigt sur la bouche, fronce les sourcils, sourire en coin, puis... Elle décolle délicatement un mini post-it du bloc acheté à cet effet, en marque la page, et poursuit sa fouille, disséquant un prochain paragraphe qu'elle s'empresse encore de baliser. Elle a choisi les vignettes dans des tons nuancés.

VI

Quelques rares clients parsèment les banquettes de skaï rouge et se reflètent vaguement dans les miroirs fumés, sirotant des fonds de verre tiédis à la lueur d'abat-jour vacillants. Ça devait être un bar à entraîneuses dans le temps, avant que la péripatéticienne ne se périphérise et que l'escort-girl ne tapine sur le Net. Un endroit où l'on pouvait jouer les clients à moindre culpabilité en se laissant séduire par les appâts d'une hôtesse rémunérée à la commission sur bouteille. Avoir l'impression de draguer en offrant un verre plutôt que de poser quelques billets en guise de préliminaires sur une table de chevet. L'espace d'une nuit, on devenait baron de la main aux fesses, prince du pourliche dans le décolleté, puis client de pute dans la foulée. La misère sexuelle avait encore ses coquetteries, mais c'est du passé, les belles de nuit se sont fanées. Le bar est resté, lustre en moins, charme désuet en plus ; certains clients aussi, érections en moins puisque l'âge en sus.

Raccord avec le décor, le patron a viré tout le personnel. Il sert seul, ça suffit amplement à renflouer jusqu'au lendemain les quelques épaves venues s'échouer dans son navire à moitié sombré.

Suzanne hésite un moment en fixant le ballon de rouge à côté des huit autres, vides. Alignés devant elle sur le zinc, un billet de dix euros sous chaque pied. Éviter d'avoir à se souvenir pour compter. À tâtons, elle plonge la main dans le sac accroché au dossier du tabouret pour en sortir sa tablette de cachets. Elle en gobe un, boit son verre cul sec dans la foulée, puis fait signe au barman qu'il peut encaisser, pas besoin de rendre la monnaie. Trois heures du matin, il va falloir rentrer.

Un homme seul l'observe à quelques mètres. Loin d'être décati, il doit incarner le spécimen du soir sensible au pittoresque du lieu si l'on en croit sa cinquantaine plutôt plaisante. Et fraîchement célibataire, vu son air largué. Courtois, il s'approche de Suzanne pour lui offrir un verre :

— Un dernier ?

Suzanne l'accueille sans sourire, le visage neutre. Ça rajoute à son charme, se dit l'homme, cet air de se foutre de tout et plus encore de sa propre personne. S'afficher sans filtre à l'ère du selfie, ça devient rare, limite précieux. On a envie d'aborder, ce qui cadre finalement bien avec l'historique des lieux.

— Dernier... avant ? l'interroge-t-elle à son tour sans le regarder.

Surpris sans l'être vraiment, l'homme sourit. Puis, célébrant comme une première victoire l'absence de refus explicite, il fait signe au barman de servir la même chose. Osant une fesse sur un tabouret voisin, il improvise une assurance bancale qui l'exclut d'emblée du registre des dragueurs chroniques. Il tend la main pour se présenter :

— Olivier, enchanté.

Suzanne lui tend la sienne, nonchalante, puis se rassied finalement. Ravi qu'elle ne l'ait toujours pas éconduit, l'homme risque une interprétation complice et – il le pressent – foireuse à son silence :

— Incognito ?

— Je ne sais pas... Et vous ?

— Euh... Pas spécialement, non...

Ça achève de le décontenancer. Si elle répond à chaque question par une question, la conversation ne risque pas de s'emballer.

— Bagnoles ? Opéra ? Foot ? On parle de quoi ? meuble Suzanne, laissant sa phrase en suspens, à la recherche du prénom.

Question à choix multiple, ça s'arrange un peu, pense l'inconnu en répétant :

— Olivier.

— Olivier. Ou alors on parle de ce qu'un homme a derrière la tête en proposant un dernier verre ? renchérit-elle.

Ça ne s'arrange peut-être pas tant que ça, se dit l'homme qui finit par rire. Intérieurement. Il y a un certain plaisir à se retrouver mentalement à nu devant une femme qu'on imaginait trop vite dans le plus simple appareil. Vous à poil, elle portant le costume. Dans un endroit originellement destiné à la configuration inverse, l'image est plus inattendue qu'un missionnaire sur un lit d'hôtel, arrosé de mauvais champagne et ponctué d'une perspective d'haleine pâteuse en guise de fin de contrat. Non ?

Le barman pose le verre offert sur le bar. Suzanne le prend, le boit, puis le lève une fois vide, comme si elle avait oublié de trinquer :

— Santé ?

— Santé...

Questions, réponses, pour ne pas changer, Suzanne a la vague sensation de ne pas avoir quitté son cabinet. Elle mentionnerait le prix de la consultation qu'on frôlerait l'ambiguïté. Soucieuse de dissiper le doute, elle pose la main sur la braguette de l'homme, sans aucune gêne ni sensualité. Aller au contact pour créer une distance avec sa spécialité. Bien qu'étonné, celui-ci reste stoïque jusqu'à ce que Suzanne retire sa main pour rassembler ses affaires sous son regard exorbité.

— Merci !...

Elle cherche à nouveau son prénom.

— Olivier ?

— Oui. On s'échange nos numéros ou... ?

Après avoir enfin dévisagé cet homme dont elle a accepté un verre il y a quelques minutes, estimé le sexe il y a quelques secondes et s'est in extremis souvenue du prénom :

— Ou... bliez !

Elle quitte le bar sans rien ajouter. Ni facturer.

VII

Dans son modeste bureau débordant de dossiers, la juge des enfants relit le cas du jeune adolescent aux épaules rentrées, juste en face d'elle. Il est assis à la droite de sa mère, l'air dépassé, et à portée de main gauche de son père. Il est gaucher. Après s'être remémoré l'essentiel en balayant des yeux les quelques pages dactylographiées, la magistrate déchausse ses lunettes qui rebondissent sur sa poitrine, pendues au cordon qui lui souligne la nuque :

— Rappelez-moi votre âge, jeune homme ? questionne-t-elle, bien que connaissant parfaitement la réponse.

— Treize ans, répond docilement l'adolescent.

— Vous savez que la scolarité est préconisée jusqu'à seize ?

Il ne répond pas. La juge se tourne vers le père, mettant un terme à l'élargissement d'une cavité nasale avant que le fruit des fouilles n'atterrisse sur un dossier.

— Vous ne l'ignorez pas, vous, monsieur ?

— Hein ?

— Que l'instruction est obligatoire jusqu'à seize ans ?

En quête d'une réponse, le père bafouille un regard désespéré vers sa femme. Avisant ce qu'elle cherchait à comprendre, la juge poursuit :

— Si j'en crois l'établissement scolaire, vos notes étaient plutôt satisfaisantes, en français notamment.

C'est au gosse cette fois de lancer une œillade vers son père, comme s'il craignait que ce constat ne motive une nouvelle taloche de sommation. Voire plus, à la maison. La maman, elle, sourit en hochant la tête, fière de son fils. Elle sortirait bien le gâteau qu'elle a glissé dans sa poche, mais le moment est certainement inapproprié.

— Ce qui me surprend un peu, c'est que dans ces affaires de vol avec effraction, nulle part on ne voit apparaître le grand frère, qui n'est pourtant pas un ange. Et qui, coïncidence, est devenu majeur, lui... ajoute la juge, qui a rechaussé ses lunettes pour appuyer son effet d'une œillade sur le dossier.

— Il s'est calmé, madame le juge, justifie le père, ignorant tomber dans le panneau. C'est qu'il ne veut pas aller en prison. Il n'est pas bien malin, mais...

Profitant des points de suspension, l'ado s'empresse d'expliciter :

— Atavisme familial.

Le père fronce les sourcils et lance un regard noir à son fils. Atavisme... Il n'aime pas ne pas piger. Surtout avec le petit, quand il fait le malin. Et en public. Lui n'a pas lâché la juge des yeux. Sans ça, c'est sûr, il se la prenait.

— Écoutez, il y a des choses qu'on ne peut pas laisser passer... feint-elle de prétendre au père qui, d'un sourire creux, fait mine d'avoir capté. Je vais ordonner une mise en foyer fermé. Je resterai attentive à son dossier. S'il apparaît, le cas échéant, que votre fils adopte une attitude différente de celle qui motive ma décision...

Disant cela, elle adresse un message entendu à l'ado dont elle a parfaitement saisi que c'est ce qu'il convoitait. La mère étouffe un sanglot tandis que le père accompagne le verdict d'un franc « merci votre Honneur », trahissant que c'est lui que ça arrange en premier.

Quelques jours plus tard, l'heureux condamné est guidé par un éducateur dans le centre fermé. Un sac de sport en bandoulière et quelques gâteaux secs au fond de la poche. À chaque croisement de couloirs, les vacarmes s'enchevêtrent, les portes s'ouvrent et claquent, libérant puis étouffant des bouffées de chahuts. Traversant la pièce de vie commune, il remarque un meuble grillagé dans lequel sont entassés quelques livres. Sa curiosité s'y agrippe, essayant de déchiffrer un ou deux titres, retenant son pas. L'éducateur se retrouve soudain seul :

— Tu viens ?

Nouvelle volée de couloirs, nouvelles envolées de voix. Ils s'arrêtent devant une chambre, plutôt une cellule :

— Voilà. On est là pour t'aider donc si tu as une question... ajoute-t-il avant d'ouvrir la porte puis de laisser le jeune garçon à l'entrée des quelques mètres carrés dénudés.

Un lit, une armoire métallique, une table, une chaise : l'écrin idéal pour accueillir ses lectures et ses rêves. Il ferme la porte, ouvre son sac et en sort quelques romans qu'il pose sur le rebord de la fenêtre. Jamais il ne s'est senti si heureux. Libre.

VIII

Plus apprêtée et séduisante, sac à main prisonnier sur ses genoux, Alice fixe nerveusement le mur vierge de la salle d'attente lorsque Suzanne raccompagne à la porte son avant-dernier patient. Celle-ci ne peut contenir une appréhension lorsqu'elle la découvre qui tourne mécaniquement le visage vers elle. Sans quitter Suzanne des yeux, la jeune femme se lève, dégageant un parfum de gaucherie dans des vêtements qu'on dirait empruntés pour une grande occasion. Dans ses yeux, cette intensité étrange, toujours, mêlée à la fébrilité d'une élève qui se présenterait à un oral décisif. Elle entre, muette, sans qu'on ait besoin de l'y inviter, pose son sac sur la chaise, puis, sans un mot, va s'allonger sur le divan. À peine Suzanne a-t-elle pris place dans le Chesterfield qu'Alice se met à parler. Avec trop de facilité peut-être, comme si elle récitait un texte. Et sans jamais se retourner.

— Ça remonte à quand j'étais petite. Je n'ai pas de frère ni de sœur, je suis un accident. Quand on a un accident, normalement après, on fait attention. Alors maman faisait attention. Enfin, elle faisait comme elle pouvait. Mon père était violent. Pour lui, c'était un peu la double peine : se retrouver avec une gosse non désirée qui était le portrait de la femme qui l'avait « piégé ». Raison de plus pour frapper. Maman me racontait des histoires, des contes de fées, un peu pour m'y abriter. Dans les livres pour enfants, ça se finit toujours bien. Enfin, généralement... Le simple fait qu'il y ait une fin, c'est déjà bien d'ailleurs, quand on ne voit pas le bout des coups. C'est de là que m'est venu le goût des livres. Je lisais tout, je retenais tout, me réfugiais entre les lignes, me voyais dedans. On est sauvée par le héros, on s'endort dans les bras du prince charmant. Que des histoires merveilleuses, mais jamais la sienne. On ferait n'importe quoi pour voler la place de l'héroïne, faire envie, être aimée, une fois... La vie, à côté, c'est plus compliqué, c'est moins bien écrit. Alors tant qu'à faire...

— Quand vous dites que votre père était violent, c'était...

— « ent » et « ant ». Les deux, adjectif et participe présent.

— Avec vous ou avec votre maman ?

— Les deux, aussi. Quand on a appris à se souvenir de tout en lisant, c'est parfois encombrant...

Pour la première fois, Suzanne est prise de compassion.

— C'est le même mot d'ailleurs... s'étonne Alice.

— Quel mot ?

— On dit auteur pour un livre et pour un viol...

Suzanne non plus n'y avait jamais pensé.

— J'ai lu qu'oublier ça pouvait s'apprendre, poursuit Alice.

— Ça peut se travailler, oui.

— Comment ?

— Amonceler les souvenirs par exemple, comme on empile des dossiers sur un bureau. Au bout d'un certain temps, ceux du dessous deviennent introuvables, à moins de faire un gros effort de rangement. Vous avez eu des aventures sentimentales ?

— Plein ! s'illumine Alice.

— Dans la réalité ?

À son hésitation, Suzanne comprend qu'Alice n'en a jamais eu.

— Ça aide à enfouir ? lui demande-t-elle naïvement.

— Un dossier sentimental a un meilleur pouvoir, disons, « recouvrant ». Dans votre cas, j'imagine que...

— Je n'ai jamais touché un homme. Volontairement je veux dire. L'impression d'être abusée avant d'être abordée, d'être intimement trahie par ce qui restera un étranger.

— Évidemment...

Un ange passe, dans une nuée de démons. Suzanne laisse se dissiper l'instant. Entendre la parole, c'est aussi écouter les silences, offrir le temps de dévoiler malgré soi comment on s'en évade. Mais plutôt que de parler, Alice se lève. Elle s'approche timidement de Suzanne qui l'observe sans bouger, puis se penche, pose une caresse sur le visage... Suzanne se raidit, démunie face à une réaction qu'elle découvre, puis esquive lorsque les lèvres s'approchent pour un baiser. Alice réalise. Elle se ressaisit soudain, effrayée par son audace. Les deux femmes se dévisagent, ne sachant que dire, partageant le même effarement.

— Je suis désolée... C'est dans le livre... C'est tellement... Il y a la patiente qui consulte une thérapeute, qui se sent attirée et... C'est vous ?

— C'est moi... qui ? tente de comprendre Suzanne.

Le regard d'Alice se fait insistant...

— Victor Zerr... Vous le connaissez !

— Je ne sais pas de quoi vous parlez...

Sentant que l'aveu auquel elle aspire ne viendra pas, Alice s'éloigne pour rejoindre la chaise où sont posées ses affaires. Suzanne l'observe, à court de mots. Désemparée, presque affolée, la jeune femme a du mal à maîtriser ses gestes pour extraire le portefeuille de son sac. Elle en sort le roman qui le retient coincé au fond et le pose à l'angle du bureau :

— Je vous dois combien ?

— Ce n'est pas le problème.

— Je vous dois combien ? hurle-t-elle soudain d'une voix glaçante.

— Quatre-vingt-dix euros...

Alice sort la somme exacte qu'elle pose sur sous-main, puis disparaît nerveusement en claquant la porte.

Surprise ? Trop faible. Sous le choc ? Trop fort peut-être. Mais Suzanne met un long moment avant d'oser une pensée. Elle n'a rien vu venir, ça ne lui était jamais arrivé. Elle effleure sa bouche, comme si le désir brûlant de ce baiser l'avait atteinte dans sa chair malgré tout. Lorsque, passé la stupeur, elle remarque enfin l'ouvrage sur le coin du meuble, son premier réflexe est de vouloir rattraper Alice pour le lui rendre. Elle s'en saisit mais se ravise immédiatement, retenue par la certitude qu'il vaut mieux clore définitivement l'incident. Après tout, ce n'est qu'un livre, elle est libraire, ce n'est pas comme si... *MeMor*, deux majuscules, fond noir avec une tache blanche. On dirait vraiment un profil... L'impression en tout cas de l'avoir déjà pensé. Et ces dizaines de post-it qui en débordent...

Dans la salle d'attente, Alice s'est immobilisée. Par-dessus son épaule, elle jette un regard troublant vers le cabinet. Elle voit, même si la porte est fermée. Elle sait, puisque la porte reste close. Elle esquisse un sourire impénétrable puis s'en va, certaine de l'effet qu'elle avait escompté.

IX

Le même dénuement l'accueille, le même cérémonial est répété. Juste un peu plus de courrier derrière la porte, une nouvelle bouteille de vin qu'il a fallu déboucher et des pubs différentes à la télé.

Assise sur l'accoudoir du canapé, Suzanne ouvre son sac échoué au pied de la table basse et en sort le livre d'Alice. Écourtant le trouble provoqué par l'illustration, elle parcourt la quatrième de couverture, boit une gorgée, puis ouvre d'une main distraite au premier marque-page. Elle lit, fronce les sourcils, glisse sur l'épais coussin de cuir, pose son verre, serre le roman à deux mains, passe au prochain post-it, son expression change, la poussant à se ruer sur le suivant...

— Ce n'est pas possible...

Elle souffle ces quelques mots à elle-même, espérant sans doute que les entendre pourrait l'en convaincre. Mais non, plus la lecture progresse, plus son visage blêmit. Lorsqu'enfin elle referme le volume en tremblant, elle n'a qu'une envie : hurler. Ce qu'elle fait dans une douleur proche du déchirement.

X

« Madame Barn ?... Madame Barn ?... »

La voix lui parvient d'abord étouffée, puis s'éclaircit à mesure que le patient insiste, extirpant Suzanne de son absence.

— Madame Barn ?...

Elle entend enfin et frissonne avant de reprendre totalement conscience :

— Excusez-moi, j'étais... On va s'arrêter là pour aujourd'hui.

Elle quitte le cuir du Chesterfield pour convenir d'un prochain rendez-vous :

— Mercredi en quinze ? Même heure ?

— Très bien, acquiesce le patient, toujours un peu surpris.

Il pose les quatre-vingt-dix euros sur le sous-main, à côté de l'ouvrage de Zerr qui a retrouvé le bureau sur lequel il avait été « oublié ».

C'est en raccompagnant l'homme à la porte que la vue d'Alice la fait sursauter. Assise dans la salle d'attente, elle lui sourit gentiment, une boîte de chocolats sur les genoux. Suzanne se fige, l'observe froidement, puis lui fait signe d'entrer en s'excusant auprès de son prochain patient :

— Je suis désolée, il va falloir reporter.

— Ah... fait-il, étonné.

— Ce n'est pas la peine, se lève soudain Alice, j'en ai pour une minute...

— Entrez ! lui dit sèchement Suzanne, avant de se libérer du prochain client d'un « Je vous appelle ».

Elle pousse littéralement Alice dans son cabinet.

Pimpante, boîte de chocolats entre les mains, la jeune femme est habillée plus élégamment encore que la veille, mais on devine clairement l'inspiration puisée dans l'apparence de la thérapeute. Veste ajustée, bien que sa silhouette soit moins effilée, talons hauts, qu'elle n'a pas encore totalement apprivoisés... Le détail échappe à Suzanne qui ferme vigoureusement la porte avant de regagner son bureau. Immobile, Alice la file du regard :

— Je passais en coup de vent. Je tenais à m'excuser pour hier... J'ai été... Vous aimez les chocolats ? En plus, je crois que j'ai oublié quelque...

Suzanne s'est emparée du livre et l'a planté devant le visage d'Alice.

— Qui est Victor Zerr ?

— L'auteur ? élude-t-elle.

— Ne jouez pas à ça avec moi. Qui est Victor Zerr ? répète froidement Suzanne.

L'attitude d'Alice change subitement. Au ton glacial et à la fébrilité de Suzanne, elle oppose maintenant l'évidence d'une voix assurée :

— Vous ?

— Moi ?

— Ce n'est pas vous ?

— Ce n'est pas moi, non ! C'est moi dans ces pages, mais ce n'est pas moi qui ai écrit ça !

— Un proche ? suggère-t-elle.

— Je n'ai pas de proche. Je suis allée voir sur Internet pour Victor Zerr. Pas de photos, pas de bio, aucune interview, rien !

Mais toi, tu ne peux pas être là avec ce bouquin par hasard. Alors, pour la dernière fois, qui est Victor Zerr ?

— Je ne sais pas.

La réponse résonne d'une telle sincérité qu'elle désamorce immédiatement le tutoiement, l'injonction et la colère pour faire place à l'incrédulité. Les deux femmes se regardent, mesurant chacune sa stupéfaction à l'aune de celle qui lui est affichée. Suzanne cède la première et trouve péniblement la force d'aller s'asseoir sur l'arête du divan :

— Ce n'est pas possible...

Alice s'approche et s'assied à côté d'elle. Elle n'a pas le temps de prononcer un mot que Suzanne se dresse pour attraper son sac et son manteau.

— Vous allez où ?

— Chez moi.

— Attendez !

— Foutez-moi la paix !

— Boulevard des Nations ?

La main glissant sur la poignée de la porte, Suzanne sent son corps se liquéfier. Elle se retourne, vacillante, incapable d'exprimer jusqu'au bout sa stupeur :

— Comment... ?

— C'est dans *Me,* son premier roman.

XI

La télé est éteinte. Le regard à la dérive dans le verre de vin auquel elle s'agrippe des deux mains, Suzanne est recroquevillée, perdue dans l'immensité de son canapé. Assise en face d'elle, sur la table basse, Alice paraît presque embarrassée :

— Sa maison d'édition reçoit les tapuscrits par mail. Pas d'agent, pas de promotion, rien, tout le monde ignore qui se cache derrière ce pseudo. *Me* est sorti il y a quatre ans ; *MeMor*, il y a quelques mois seulement. On pense qu'il y aura une suite, on l'attend, mais... Vous n'en aviez jamais entendu parler ?

Suzanne secoue imperceptiblement la tête. À la colère et l'effarement succède la résignation. Le livre... Alice... Tout lui échappe, rien n'a de sens. Le vide dont elle inondait sa vie est soudain enseveli sous un mystère semblant appartenir à quelqu'un d'autre. Déboussolée, elle s'interroge, cherche une explication comme on chercherait à sauver ce qui peut l'être dans un champ de ruines après le passage d'un cyclone. Hagarde, sonnée, errante, dépossédée d'elle-même, fouillant sans espoir, avec l'unique conviction que rien ne sera jamais plus comme avant. La nature humaine pourtant ne peut s'empêcher de poser des questions. Par réflexe, par principe, par dépit. On s'adresse bien à un dieu sans obtenir de réponse.

— Il y a quoi dans le premier volet ? murmure-t-elle.

— C'est le combat intérieur d'un homme hanté par un lourd secret. Une jeune enfant symbolise son mal-être, une sorte de fantôme qui le terrorise. Il cherche son salut dans la lecture, mais aucun livre ne parvient à l'apaiser. Alors il écrit. Son génie, c'est qu'à travers sa souffrance, il revisite les grands auteurs en quête eux aussi d'une paix intérieure. En opposition à son personnage, il y a celui de Suzanne, la thérapeute... Elle symbolise la page vierge qui accueille ses mots, dans les deux sens du terme. Il est souvenir, elle est oubli. Ensemble, ils représentent l'équilibre propre à la mémoire, mais séparés, ils ne sont rien. On pense qu'ils vont se rencontrer, pour résoudre l'équation, se sauver mutuellement. Le premier livre finit sur ça, sur l'adresse de cette prière. Mais en fait non. Dans le second, *MeMor*, on apprend que... Enfin ça, vous l'avez lu. La rencontre qui n'a pas eu lieu, la souffrance toujours... C'est là que Camille, le personnage de la lectrice, apparaît. Celle pour qui les mots et la page doivent se rencontrer, qui porte une blessure elle aussi. Il y avait des similitudes étranges. Entre moi et Camille, je veux dire. Alors quand j'ai appris votre existence par ce client, je n'ai pas pu m'empêcher de... Vous découvrir, dans votre cabinet, ça a été comme être aspirée dans son récit. Tout correspondait.

— Ce n'est pas possible. Ma profession, les détails, le nom... Toutes ces années, tout ce dont je me...

Elle est soudain prise d'un doute, furtif mais abyssal. Un doute qui n'échappe pas à Alice qui, avec la précaution dont une mère couvrirait son enfant, prolonge sa phrase en citant :

— Tout ce que vous avez soigneusement effacé ?

Suzanne lève un visage désespéré.

— C'est dans son premier roman, ça aussi, s'excuse presque Alice.

Suzanne se sent chanceler. Alice lui retire le verre à peine entamé qu'elle pose sur la table et se rapproche :

— Ça va ?

— Je vais m'allonger.

Soutenue, Suzanne parvient à atteindre sa chambre. Elle s'étend sur le lit, ses forces l'abandonnent, désertent son esprit. Inerte, assommée, elle ferme les yeux, pressée d'enfouir dans le sommeil un cauchemar qui la terrorise éveillée. Alice la regarde s'endormir. Puis, envahie par une satisfaction identique à celle éprouvée après qu'elle a feint d'oublier son livre, elle sourit.

XII

La chambre du jeune garçon envoyé en foyer a pris un peu vie en un an. Il a eu l'autorisation de garder sous la main quelques-uns des livres de l'armoire grillagée, alignés sur l'appui de fenêtre à côté de ceux emportés à son arrivée. Ses cheveux ont poussé, un début de barbe naît, il s'est légèrement épaissi. Allongé sur son lit, il bouquine lorsque la sonnerie de la cantine retentit. Il finit calmement sa page, pose son livre sur la table, enfile ses baskets et sort, remontant à contre-courant le vacarme du déjeuner.

Dans le réfectoire, tout le monde a déjà commencé à manger. Plateau à la main, il veut s'installer à une table, mais se fait refouler par un caïd à l'élocution contrariée par la purée :

— C'est pris là !

Deux ans, vingt centimètres et une bonne trentaine de kilos les séparent. Plus une violente envie d'affirmer sa virilité versant purée contre, côté plateau, l'intention de ne pas insister. Emmerder son prochain est une constante remarquable chez le mâle intellectuellement limité, se dit le jeune homme. Si on y ajoute l'hypothèse de non-mixité en foyer fermé : pas de corps femelle à convoiter, donc réduction du facteur embrouilles. Normalement. C'est oublier la variable hormonale de l'équation : faute de terres à conquérir sexuellement, la testostérone tonitrue intérieurement et se rabat sur une table, une chaise...

Alors s'il faut pour éviter les mugissements choisir un poste moins exposé...

Il détourne le regard, trouvant où s'asseoir à une table voisine.

— Là aussi c'est pris ! s'obstine la purée.

— Je ne vois personne.

— Et moi j'en ai marre de voir ta gueule.

Les potes du caïd se marrent, le motivant à en rajouter :

— Petite gueule d'intello...

— Regarde ailleurs, lui suggère comme une sage évidence l'adolescent.

Il veut se servir un verre d'eau, mais la carafe en inox devant lui est vide. Le caïd empoigne la sienne et lui en balance le contenu à la tête, provoquant l'hilarité générale.

— C'est pas ça que tu voulais ?

Trempé, il reste impassible. Le chahut provoque l'intervention d'un des éducateurs qui déjeunent toujours ensemble sous la fenêtre du réfectoire :

— Il se passe quoi, là ?

— L'intello, il voulait de l'eau, alors je lui ai filé ! fanfaronne le caïd qui s'étonne lui-même. Putain, intello, de l'eau... Je fais des rimes !

— Bon, allez, dégage. Va t'asseoir ailleurs, se désespère l'éducateur.

— C'est bon, c'est l'autre, c'est pas ma faute s'il sait pas boire proprement !

— Tu vires, je te dis.

— C'est le chouchou qui lit, c'est ça ? Du coup, c'est moi qui bouge ? Moi aussi je te lis des bouquins si tu veux...

Affligé, le surveillant soupire et l'emmène par le bras vers la sortie, sous les huées et les sifflets.

Le jeune garçon pense avoir la paix jusqu'à une échéance raisonnable, disons les patates frites de ce soir au dîner. C'est en regagnant sa chambre que tout bascule. Il s'arrête net sur le pas de la porte, comme si le sang quittait ses veines, comme si son cœur se désamorçait : son livre n'est plus sur la table, les autres ont disparu du rebord de la fenêtre. En une fraction de seconde, il comprend.

Il se met à arpenter les couloirs d'un pas pressé, affolé, scannant les allées grouillantes de pensionnaires rassasiés. À gauche, à droite... Chahuts, toujours, encore, à peine moins virulents pour cause de digestion en cours. Inconsciemment, il a appris à les reconnaître : dispute, harcèlement, moquerie ou recours à l'insulte pour cause de vocabulaire limité. Son ouïe le guide vers des rires ricochant au loin sur des murs carrelés. Il se met à courir, pousse la porte des sanitaires. La clique l'accueille dans un concert de beuglements. Ils l'attendaient, se tenant à distance d'une cabine ouverte dont le jeune homme s'approche lentement, redoutant ce qu'il doit y découvrir. Assis sur la cuvette, le caïd déchire une à une les pages des livres posés à ses pieds. Puis, ayant fait mine de lire, il les jette froissés dans la cuvette avant de tirer la chasse :

— Vraiment de la merde !

On dit « le sang ne fait qu'un tour ». Ce n'est plus ce fluide épais et fainéant qui parcourt le corps lorsque la rage vous gagne. C'est un acide, une drogue furieuse et bouillonnante, qui embrase vos tissus pour en jeter chaque cellule dans un combat excédant sa mission.

Le jeune garçon bondit. La force, la taille, l'âge, la bêtise même ne peuvent plus rien contre le besoin irrationnel de frapper. La jambe projetée en avant dans l'élan a collé le torse au mur. Les doigts ont agrippé les cheveux pour cogner la mâchoire sur le rebord de la cuvette. Encore, encore, encore... Émail contre faïence, les dents sautent, lacérant les lèvres dans une mélasse de morve et de sang. Le crâne sonne sourdement pour agoniser en fragments. L'explosion de fureur souffle les témoins contre les éviers, le tonnerre des coups déchire l'air jusqu'à leurs yeux exorbités. Un éducateur surgit enfin pour ceinturer l'adolescent, appelant ses collègues à la rescousse, le forçant à capituler dans un cri arraché aux entrailles de sa colère. Ils le traînent à l'extérieur, au bout du couloir, dehors. Les hurlements s'éloignent cédant la place à une sidération muette. On ne l'entend plus. Jamais silence plus assourdissant n'avait résonné dans les couloirs du foyer.

XIII

Il y a ce moment de répit au réveil, ces quelques secondes où la réalité n'est pas encore cruelle et l'indolence pas totalement évanouie. Les fragments de conscience s'amoncellent, reconstituant les flancs de la montagne oubliée la veille et qu'il faudra une nouvelle fois gravir.

Suzanne s'extrait douloureusement de son lit, exténuée. Quittant sa chambre, elle découvre Alice assise sur le bord du canapé, épluchant le bouquin de Zerr et prenant des notes. Celle-ci met un temps à remarquer sa présence et l'accueille d'un large sourire :

— Hello !

Suzanne ne répond pas et reste debout, bras ballants, à distance.

— Ça va mieux ? s'inquiète Alice.

Elle s'avance enfin, récupère son verre de vin sur la table basse et le soulève du bout des doigts en guise de réponse.

— Je vais vous faire un café plutôt, propose Alice en le lui ôtant des mains.

Amorphe, Suzanne la regarde disparaître dans la cuisine et s'affaisse sur le cuir blanc tandis qu'Alice lui parle à distance.

— J'ai bien réfléchi pendant que vous dormiez. Je me suis posé une question : pourquoi Victor Zerr décrit votre vie dans ses livres ? Le hasard ? Si son récit ne croisait votre vie que sur un ou deux points, admettons. Mais là, impossible, tout correspond. Option numéro deux, quelqu'un de proche...

Suzanne fait machinalement non de la tête. On jurerait qu'Alice est présente pour le remarquer :

— Vous me dites que non. Après, qu'est-ce qu'il nous reste comme option... Il vous aurait espionnée ? Pour s'inspirer ? Zerr est un puits d'imagination, tous ses lecteurs s'accordent à le dire. Ou alors...

Alice revient avec un café dans le salon, habitée par une exaltation digne de ses plus ferventes lectures policières :

— ... il le fait précisément dans l'espoir que vous vous posiez la question !

— Pourquoi ? marmonne Suzanne, acceptant finalement la tasse que lui tend Alice.

— Pourquoi ? Justement, c'est ça la question. Comme s'il voulait que vous, que l'héroïne de son œuvre trouve la réponse.

— Pour quelle raison ? Ça n'a aucun sens.

Alice s'est rassise à côté de Suzanne pour mieux lui exposer le fruit de ses réflexions :

— Une raison qu'on ignore et que lui connaît. Mais vu que lui, personne ne sait qui il est... Je me suis dit que la raison était peut-être entre les lignes. J'ai passé des heures à chercher, je n'ai rien trouvé. C'est là que je me suis dit une chose : et si elle était dans le prochain roman, cette raison ?

— Il n'y a plus qu'à attendre, évacue Suzanne avant de tremper sans enthousiasme les lèvres dans son café.

— Vous êtes sérieuse ? Il vous envoie un signe et vous voulez attendre ? Attendre quoi ? De découvrir en même temps que tout le monde ce qu'il aura écrit ? Il y a forcément un indice, une piste... s'enflamme Alice.

— Une piste que je ne suis pas sûre de vouloir emprunter...

— Tu te rends compte... Pardon ! Vous vous rendez compte de ce que vous dites ?

— Je crois que tu peux me tutoyer, tu en connais autant que moi sur ma vie, ironise Suzanne.

Mais Alice n'en fait rien :

— Justement. Et je ne suis pas la seule : un inconnu s'empare de votre vie pour la dévoiler à n'importe qui et vous ne voulez pas savoir pourquoi ?

— Ça changera quoi ? tente-t-elle de se convaincre.

— Peut-être assez pour ne plus vous mettre dans cet état, déjà ! Se demander, à chaque fois qu'on croise quelqu'un, s'il connaît tout de vous ? Même pour vous, ça va être dur à oublier, non ? Et puis il n'y a pas que le personnage principal, je fais partie de l'histoire moi aussi. Vous y pensez à ça ? On est deux à être couchées sur les pages de ses livres. J'ai un peu envie de connaître le fin mot de l'histoire moi, de savoir pourquoi.

— Libre à vous...

Suzanne a repris le vouvoiement, soucieuse de rétablir une distance avec un discours qu'elle se refuse à entendre. Alice le sent et s'emporte :

— Libre ? Vous connaissez quoi à la liberté ? « *Vivre à la dérive sur un océan de vide* », comme il l'écrit, avec rien, pas un souvenir auquel se raccrocher ? Et ne penser qu'à votre petite personne, c'est ça votre idée de la liberté ?

Les deux femmes s'observent. Alice ne peut concevoir que Suzanne ne l'accompagne pas dans sa démarche. Mais celle-ci se mure dans un nouveau silence. On n'argumente pas contre le silence, c'est un cessez-le-feu, ni guerre, ni paix, le combat est refusé. Le rompre, c'est agresser, ce qu'Alice n'ose pas. Elle finit par renoncer :

— Bonne chance.

Elle se lève, rassemble ses notes, ses affaires, son bouquin, à la va-vite, et quitte l'appartement, laissant Suzanne face à la seule personne capable de la convaincre. Elle-même.

Son image la nargue sur l'écran noir de la télé qu'Alice a éteinte. Elle se regarde, absente, puis, presque mécaniquement, pose sa tasse sur la table basse, puise deux cachets dans son sac, les gobe en vidant le reste du vin et baisse les paupières. Fuir. Jusqu'à son reflet.

XIV

Les talons claquent sèchement dans la nuit sur le trottoir trempé. Foutus escarpins dont elle n'a pas l'habitude et qui lui martyrisent les pieds.

Lèvres pincées, marchant nerveusement, Alice se tord la cheville et se rattrape in extremis sur les mains. Le livre lui a échappé et atterrit dans le caniveau rempli d'eau.

— Merde...

Elle veut le repêcher quand, soudain, une illumination lui retient la main. Elle observe le livre flotter, tache blanche sur un fond noir qui s'évanouit dans le bitume noyé. Frappée par une évidence, elle le récupère enfin et reprend sa marche d'un pas décidé.

À peine arrivée dans son appartement, elle quitte ses chaussures, abandonne son manteau trempé à même le sol et ne prend pas même la peine de fermer les rideaux. Elle se rue vers une étagère pour en extraire le premier roman de Victor Zerr, *Me*, et en juxtapose la couverture à celle du livre encore gorgé d'eau. La même tache, en noir, se détache cette fois sur fond blanc. Elle disparaît dans la chambre pour en rapporter son ordinateur portable, s'assied sur le bord du fauteuil, pose le livre sur la petite table à trois pieds et plonge dans l'écran qui s'est allumé. Elle doit trouver.

XV

Huit verres vides sont alignés, chacun sur un billet. Un neuvième, plein, rejoint la file, servi par un patron que les lubies de ses clients n'étonnent plus.

Suzanne évite généralement de retourner au même endroit, l'habitude est l'empreinte des souvenirs. Pourquoi alors choisir le bar rouge aux lumières fatiguées ? Ah si, l'éventualité de l'homme qui se tient au bout du bar peut-être, le même que celui qui, lui semble-t-il, lui avait offert un verre l'avant-veille. Ou le jour d'avant. Ou...

Une vague impression lui revient, celle d'avoir déçu un espoir de la sauter. Ce doit être pour ça qu'il évite de croiser son regard, assis à la même place. Un homme seul, ici, à l'heure qu'il est, ça ne décline pas l'invitation des yeux d'une femme esseulée.

Elle prend son verre et va le rejoindre, se plantant à ses côtés de sorte qu'il ne peut faire autrement que la saluer. Timidement :

— Bonsoir.

Suzanne porte le verre à ses lèvres, garde sa gorgée de vin en bouche, saisit l'index de l'homme pour l'y glisser et avale en le fixant, sans l'once d'un désir. À son silence consentant, il a saisi le sens.

Avoir le corps à moitié plein quand l'esprit est à moitié vide. D'alcool, de drogue, d'excès, de sexe, de tout ce qui pourra combler ce manque qui refuse d'avouer son nom et qui vous hante. Se remplir de tout, d'ivresse, de douleurs, de nausée, d'abus. Les sensations se percutent, violentes, crues, fugaces, dérobées. Images visqueuses d'un inconnu qu'on baise dans l'espoir d'une envie, parfums épais de corps éreintés, enlacés dans une moiteur écœurante, amertume de la poudre violant les sinus, chants des chairs piteusement étreintes, qui jouent leur partition en décadence. Suzanne vacille, s'évade, bouscule, se rhabille, titube, rentre, se cogne aux murs, parvient péniblement jusqu'à la salle de bains pour ratisser une nouvelle tablette de cachets. S'écroule, se traîne au sol, se hisse au lit, puis glisse d'un haut-le-cœur dans les bas-fonds de ses entrailles, aspirée par le tourbillon des moulures qui ont entamé leur ballet au plafond. La voix d'Alice s'invite, par fragments, « *Aide-moi...* », « *Suzanne* »... Visage bouillant, dégoulinant de sueurs glacées, doigts dans la gorge, perles de pluie froides piquant la peau nue. Puis les ténèbres qui vous embrassent et vous pénètrent, à nouveau.

XVI

Elle se voit assise à son propre chevet. Les contours sont mous, l'image flasque et pâteuse, mais ce sont ses vêtements, elle le sait. Elle baisse et relève les paupières plusieurs fois, seul effort à sa portée pour tenter de délivrer son esprit des buées de ce qu'elle a bu. Cette fois, c'est Alice qui apparaît. Les yeux bienveillants, le visage penché, mais... Oui, c'est bien l'un de ses tailleurs que la jeune femme a enfilé. Celle-ci se tient droite, telle qu'à son habitude, couvant des deux mains le livre sur ses genoux serrés, attendant patiemment que Suzanne émerge :

— Réveillée ? lui demande-t-elle avec précaution.

Elle voulait lui répondre, mais les lèvres sont restées soudées. Suzanne tente de se redresser quand Alice se lève immédiatement pour l'en empêcher et lui tendre un verre d'eau posé sur la table de chevet.

— Tiens, ça va te faire du bien, la tutoie-t-elle, comme si un événement nouveau les avait rapprochées. Tu m'as fait une de ces peurs. Je suis passée à ton cabinet, mais tu n'y étais pas, tes patients t'attendaient. Du coup, je me suis dit... La porte n'était même pas claquée. Je t'ai trouvée inconsciente sur le lit... Il y avait du vomi partout. C'est ça qui t'a sauvée, tu as évacué tous les cachets. Tu m'as même vomi dessus après...

Le flot des paroles qui s'embouteillent dans la tête de Suzanne trahit un enthousiasme qu'elle est incapable d'identifier. Alice est aussi fraîche et pimpante qu'elle se sait souillée et endolorie. Défiant la raideur de sa nuque, Suzanne tente un regard sur son lit.

— Ne t'inquiète pas, j'ai tout nettoyé, la rassure Alice. Je t'ai emprunté une tenue... Tu veux quelque chose à grignoter ?

Suzanne marmonne un non de la tête.

— Tu as vu ? ajoute-t-elle. Je te tutoie ! En même temps, après...

D'une moue explicite, elle évoque la déchéance dont elle vient d'être témoin.

— Alors ? Tu ne me demandes pas pourquoi je suis passée à ton cabinet ?

Un douloureux battement de cils vers Alice suffit pour l'exciter à poursuivre :

— J'ai trouvé ! s'illumine-t-elle dans un sourire.

Elle montre la couverture du livre qu'elle tenait sur ses genoux :

— Quand je suis partie, hier, il est tombé dans une flaque. Ça a fait tilt. La solution était sous nos yeux, formulée de manière si évidente qu'on ne la voyait pas !

Elle ouvre le volume et saute de post-it en post-it pour citer les têtes de chapitre qu'elle a pris soin de souligner :

— Les titres des chapitres : « *Vagues de souvenirs* » ; « *Abysses de la mémoire* » ; « *Noyé dans sa culpabilité* » ; « *Écume du regret* » ; « *Écueil de l'oubli* »... Zerr utilise toujours un champ lexical autour de l'océan. Et là, le titre du dernier, juste un mot, la seule fois : « *Isolé* »...

Alice attend en vain un déclic, tournant même le texte vers Suzanne pour qu'elle vérifie de ses propres yeux :

— Isolé ! Étymologiquement, du latin *insula* qui veut dire île ! Isola, en italien... La tache sur la couverture, sous nos yeux, dans laquelle tout le monde voyait un profil et que personne ne comprenait vraiment. La même que celle du premier roman... Je me suis dit que c'était peut-être les contours d'une île. J'ai cherché. Toute la nuit.

Alice met côte à côte la couverture et l'impression de la photo aérienne d'un gros rocher, non loin d'une côte, aux contours suggérant un profil criant.

— Ça correspond, exactement. Une île. Avec juste une maison.

Regard échoué sur la carte, Suzanne reste muette. Les parois d'un précipice qu'elle pensait évanoui s'écartent en elle, ouvrant sur un gouffre si infiniment profond, d'un vide si opaque et fatal qu'elle pressent qu'aucun répit, pas même l'oubli, ne pourra désormais l'en éloigner.

Déçue que sa découverte ne suscite pas l'engouement, Alice pose une main sur le poignet de Suzanne :

— Qu'est-ce qu'on a à perdre ?

— Toi ou moi ? articule-t-elle enfin, envisageant la main d'Alice.

— Les deux.

En guise d'unique réponse, Suzanne lève un regard si livide qu'il en devient effrayant. Avec une quiétude surprenante, presque bienveillante, afin d'éviter que la colère n'incite Suzanne à éloigner la moindre nuance, Alice assène, implacable :

— Perdre quoi ? Avaler tes cachets ? Te saouler chaque soir ? Tu n'as rien à perdre, tu effaces tout au fur et à mesure. « Thérapie mnésique », gravé sur une belle plaque de cuivre... Ta prison est là : ce n'est pas se souvenir le problème, c'est oublier.

Suzanne est restée de marbre. Ailleurs.

Au fond du couloir de l'appartement, une petite pièce ferme à clé. Des milliers de papiers, d'objets insignifiants, y sont négligemment entassés. Au sommet d'une pile de courrier non ouvert, un livre, tache noire sur couverture blanche : *Me*, de Victor Zerr.

XVII

La falaise domine la mer à perte de vue. Les traits d'écume roulent avant d'être engloutis par les eaux froides et ternes. À un mille environ, l'île jaillit sous l'horizon. Les contours sont abrupts, déchirés par la houle qui en a dressé les parois en murailles hostiles. Pas un arbre, rien, on jurerait la forteresse imprenable par toute forme de vie. Et pourtant, sur la maigre végétation d'un plateau en pente ressemblant à un tremplin vers les cieux, une maison s'arrime, comme le présent au passé.

Il pleut. À peine. Une bruine fine et pénétrante. Sur la crête du continent, les deux femmes observent ce rocher perdu. Pour Alice, ce sont les contours d'une promesse. Dans les yeux de Suzanne ondoie l'ombre de sa détresse.

Le village le plus proche est à une dizaine de kilomètres. Un petit port de pêche artisanale aux quais noircis par le temps, dans lequel sont amarrés une poignée de bateaux. Un seul bistrot, face à la mer, accueille les marins rentrés de leur campagne et les quelques rares habitants tentés d'échapper à leur coma le temps d'une bière ou d'un retour d'enterrement. Au premier étage, la chambre du fils, évadé de ce trou depuis longtemps, accueille parfois un représentant de passage ou un touriste égaré. L'établissement y a gagné le statut d'hôtel-restaurant. Le poisson y est frais du jour, vu que s'il ne l'est pas, c'est que la météo était trop pourrie et que du poisson, il n'y en a pas du tout.

Elles se sont assises à la table sous la fenêtre qui donne sur le port. C'est par celle-ci que, du comptoir, les habitués peuvent comptabiliser les retours de bateaux et que l'on sait, en fin de journée, si un enfant du pays n'est pas en train de flotter entre deux eaux.

Devant un verre de vin, Suzanne observe du coin de l'œil Alice qui a prétexté un passage aux toilettes pour engager la conversation avec un client ancré au zinc. Il n'a pas l'air très engageant. Étonnant de constater à quel point des gens qui visiblement s'emmerdent sont réticents à l'idée qu'on perturbe leur cafard quotidien. D'ailleurs, n'en est-elle pas elle-même la preuve vivante, se dit Suzanne. Mais Alice sait être convaincante. Que lui demande-t-elle ? Qu'est-ce qu'il lui répond ? Ils sont trop loin pour que Suzanne les entende.

Au creux de sa main, un cachet. Elle le défie longuement, comme s'il la narguait, pariant sur lequel d'entre eux vaincra l'autre. Elle le gobe en buvant une lampée. Gagné. Pas pour longtemps. Dans quelques minutes, il l'emportera dans la torpeur enveloppante et tiède d'un bain de néant.

Alice revient s'asseoir en face d'elle, chargée d'informations :

— Un type s'est installé sur l'île il y a des années. Personne ne sait trop qui il est, ni à quoi il ressemble, il n'en bouge jamais. Une fois par mois, il se fait livrer de quoi vivre, payé à l'avance, et laisse la liste pour la livraison suivante. Un pêcheur du village lui dépose tout par bateau sur un petit embarcadère, sans jamais le rencontrer.

Suzanne ne dit rien.

— Ça va ? demande Alice.

Pas un mot. Elle décide de ne pas insister.

— J'ai demandé si quelqu'un pouvait nous y amener, mais ça n'a pas l'air de les enchanter.

Le regard de Suzanne se perd à travers les gouttes pendues à la vitre. Les amener vers quoi ? De nouveaux doutes, de nouvelles douleurs ? Juste là, derrière cette fine paroi de verre qui la protège encore d'une issue incertaine ? Les paroles d'Alice enveloppent ses angoisses d'un bourdonnement lancinant et étouffé :

— Tu sais, je suis contente qu'on soit là, enfin je veux dire que tu aies accepté. Je suis consciente que tu ne le fais pas que pour toi, mais... Je n'ai jamais vraiment eu de... Enfin, on n'est pas encore amies, c'est vrai. Mais qui sait ce qui peut se passer ? On dirait presque un roman.

Suzanne reste muette. Alice sait qu'elle tente d'échapper à une vérité inconnue, que vouloir la rassurer ne servira à rien. La motiver à aller de l'avant ? Cette promesse ne trouvera aucun écho en Suzanne, pas plus que l'on ne convainc un enfant en l'exhortant à franchir le seuil d'une nouvelle école, même s'il a consenti à se rendre devant. Tout argument sera vain, il offrira la chance d'y opposer une raison, mauvaise ou bonne. Non, ne plus rien dire, voilà la solution. La prendre à son jeu, ne rien objecter, répondre à ses silences par un silence plus sourd encore. Par l'absence. Alice se lève et sort du bar.

Rester seule dans un lieu inconnu ? Rebrousser chemin ? Autant d'options qui exigent une part de volonté, de prendre une décision. Suzanne n'en a plus. Par la fenêtre embuée, elle distingue la silhouette d'Alice s'éloignant sur le quai, sans un regard. Abandonnée. Sans personne à qui demander si la solitude vaut mieux qu'être mal accompagnée dans cet abîme qui la terrorise. Alice a soudain disparu de son champ de vision.

Accompagnée par qui maintenant ? Elle tend le cou pour essayer de la retrouver. Rien. Se lève, avant d'en avoir eu l'intention... La peur de se noyer à jamais délaissée dans ses tréfonds a choisi en son nom.

Alice est assise sur un banc, face au large, lorsque Suzanne la rejoint. Elle reste debout, en retrait, au-dessus de son épaule. Il a cessé de pleuvoir, comme si le ciel avait tenu lui aussi à la convaincre.

Alice n'a pas besoin d'un regard, pas même d'une question. Pour la première fois, leurs visages sont tournés dans la même direction, celle d'une étendue inconnue, insondable. Paisible en apparence mais si prompte à se déchaîner.

— Qu'est-ce qu'on lui dit ? s'inquiète finalement Suzanne.

— Je pense que c'est lui qui ne résistera pas au besoin de nous dire.

Ce n'est qu'au bout de longues secondes que l'attention d'Alice est attirée par une pancarte « À vendre » sur un rafiot à moteur. Elle s'était inconsciemment interdit de la voir avant que Suzanne ne soit à ses côtés. Une simple œillade vers celle-ci suffit à lui faire comprendre.

— Et si ce n'est pas lui ? hasarde-t-elle comme ultime réticence.

— Ce n'est pas lui, jubile secrètement Alice. Et on revend le canot.

XVIII

La pluie a repris, bien plus forte cette fois, fouettant sous les violentes bourrasques leur visage anxieux. Il ne fait pas encore nuit, mais les nuages sombres aspirent déjà l'horizon dans une quasi-obscurité.

La mer s'est creusée, dressant des remparts d'eau entre la frêle embarcation et l'île qui paraît s'enfuir sous les rafales soufflant du continent. Alice tente de garder son sang-froid pendant que Suzanne s'accroche à tout ce à quoi on peut encore espérer, survie en premier. Les vagues les submergent, lestant la coque, rendant impossible toute manœuvre quand bien même une seule aurait été envisagée. On ne s'improvise pas marin, semblait penser très fort le propriétaire du bateau lorsqu'il leur en a remis les clés. Il devait être plus convaincu encore qu'une occasion de se débarrasser de ce rafiot n'était pas près de se représenter.

— Il faut faire demi-tour ! crie Suzanne, ruisselante sous son ciré.

— Je ne peux pas...

Ballottée entre la certitude de percuter les falaises et une chance infime d'atteindre l'île, Alice fait tout ce qu'elle peut pour maintenir un cap.

Le canot s'approche finalement, mais l'affaire n'est pas gagnée. Une armée de rochers se dresse aux creux des vagues sur la dizaine de mètres qui les sépare du rivage. Devenu incontrôlable, le bateau s'y écrase dans un fracas de craquements et finit par sombrer. Éjectées par-dessus bord, les deux femmes tentent d'atteindre l'île autrement que noyées. Plus jeune, plus vive et certainement plus motivée, Alice est presque hors de danger lorsqu'elle aperçoit Suzanne, serrant contre elle son sac, se débattre, boire la tasse et disparaître plusieurs fois sous l'eau d'encre. Dans un ultime sursaut, Alice parvient à la tirer par le col jusqu'à la grève. Le sac, lui, s'est échappé.

Il leur faut plusieurs minutes pour reprendre leur souffle et une infime partie de leurs esprits. Crachant l'eau de ses poumons, à quatre pattes, Suzanne expulse moins d'air que de rage lorsqu'elle se met à hurler :

— Putain !... Putain !!!

Muette, Alice la regarde, essoufflée, consciente qu'il s'en est fallu de peu.

Elles ont lutté pas moins d'une demi-heure pour vaincre les roches glissantes de la paroi obscure et défier les vents du plateau. La maison se dresse finalement devant elles, suintante, bâtie de lourdes pierres et coiffée d'ardoises dégoulinantes. Nulle chaleur ne s'en échappe, aucune lumière. Les épais volets fermés protègent les fenêtres des bourrasques, de la pluie et de tout regard indiscret. Le regard de qui, d'ailleurs ? Qui d'autre qu'elles n'a jamais accosté sur ce caillou inhospitalier ?

Le vent a redoublé de violence, et c'est une véritable tempête qui transperce maintenant leurs corps frigorifiés. Elles se tiennent devant la porte, n'ayant d'alternative que de frapper pour survivre à la nuit. Alice s'avance. Une fois, deux fois, elle est obligée de s'y reprendre à trois fois, du poing, pour qu'on ouvre enfin.

La silhouette d'un homme, massive, se dessine dans l'encadrement sous la lueur pâle qui les atteint à peine de l'intérieur. Il se tient immobile, à contre-jour, les observant pendant ce qui leur semble une éternité. Tout juste distinguent-elles derrière le rideau de pluie une épaisse chevelure et une barbe abondante sur des épaules lourdes, larges et carrées. Pas un mot, pas un geste, alors qu'à l'évidence il les sait transies de froids, incapable de prononcer une parole pour Suzanne dont les dents claquent à s'en briser. C'est Alice qui rompt le silence :

— Notre bateau a coulé... grelotte-t-elle.

À ces mots, l'homme se retourne sans toujours rien dire et disparaît dans la maison, laissant la porte grande ouverte. Elles partagent un regard anxieux avant de le suivre. Alice fait entrer Suzanne, puis referme derrière elle. Dans le noir, on jurerait que la maison les a avalées.

XIX

L’intérieur est faiblement éclairé. Aucun confort entre les murs en pierres nues de la pièce de vie. Une table en bois sur laquelle brûle une bougie, bordée d’un banc et d’une seule chaise, un fourneau sans âge flanqué d’une bouteille de gaz d’un côté, et de l’autre d’un vieil évier. Un meuble de cuisine ouvert sur le strict nécessaire, une armoire, probablement de quoi manger, un vieux frigo.

L’homme allume le réchaud sous une casserole contenant un fond de café et leur indique de la main, dans son dos, le banc où patienter. Puis il emprunte l’étroit couloir quittant la pièce sans prononcer le moindre mot.

Elles se regardent, inquiètes, engourdies, avant de s’asseoir et d’entendre le son des pas se rapprocher. Lorsqu’il revient avec une paire de serviettes délavées et les leur tend, dévoilant enfin son visage, elles le remercient d’un hochement de tête et s’empressent de les attraper, profitant de se frictionner les cheveux pour le détailler.

L’homme a une cinquantaine d’années. Entre la barbe et la chevelure épaisse perce un regard dense et clair, des brisures de cristal renvoyant décupler la moindre parcelle de lumière. Les traits burinés par les embruns et la solitude, une silhouette robuste, une présence minérale. Il est vêtu d’un vieux jean et d’un pull, il porte aux pieds d’épais souliers.

Il s'approche de la gazinière pour servir le café chaud. Les deux femmes se regardent, ne sachant pas comment interpréter son silence persistant. Les attendait-il ? Est-il contrarié ? A-t-il perdu jusqu'au besoin de communiquer ?

— On a été surprises par la tempête... tente de justifier Alice.

Toujours aucune réponse. Il remplit des bols dépareillés qu'il pose sur la table, puis s'éclipse à nouveau.

Suzanne et Alice enveloppent la faïence des deux mains pour tenter de se réchauffer. Quelques instants plus tard, l'homme réapparaît avec des couvertures sur le bras. Il reste dans l'encadrement du couloir, observant les rescapées brûler leurs lèvres glacées dans le café bouillant plutôt que de subir le poids de son regard muet. À peine ont-elles terminé qu'il leur fait signe de le suivre.

Le couloir est étroit et mal éclairé, d'un vert bouteille défraîchi. Cinq portes, deux de chaque côté, les unes en face des autres, et une dernière à l'extrémité. L'homme pousse la première à gauche et tourne le vieil interrupteur. Dans une petite chambre aux murs pâles, un sommier métallique sur lequel est posé un matelas nu, douché par la lumière blafarde d'une ampoule fatiguée. Nul autre élément de mobilier, rien. L'homme recule dans le couloir pour les faire entrer dans ce qui tient plus d'une cellule que d'une chambre à coucher. Peur au ventre, Alice fait un premier pas hésitant et accepte les couvertures au passage, s'efforçant de voir dans cet accueil glaçant un signe d'hospitalité.

— Merci.

Mais Suzanne reste figée dans le couloir.

À la faveur d'une lueur moribonde qui a profité de la porte ouverte pour s'évader, son attention est captée par une petite toile accrochée juste à gauche avant la porte. Mal encadrée, elle représente un lac, de nuit, bordé de collines éclairées par une pleine lune. Rien d'extraordinaire, pas même la facture, honnête sans être remarquable, mais cette image semble la tétaniser.

— Tu viens ? l'appelle Alice, étonnée de la voir plantée là.

Suzanne entre malgré l'appréhension, fuyant le regard de l'homme. Il referme ensuite la porte de la pièce sur elles, puis s'éloigne dans le couloir.

Revenu dans la cuisine, il ouvre le placard sous l'évier. Dans un coin, une boîte à cigares disloquée de laquelle il extrait, parmi d'autres, une clé. Il la regarde longuement dans le creux de sa main. Cela faisait tant de temps qu'il avait voulu l'en sortir, au point qu'il n'osait même plus l'espérer. Puis il emprunte à nouveau le couloir.

À hauteur de la chambre des naufragées, il marque un arrêt, fixant la porte, clé à la main. À l'intérieur, Suzanne et Alice ont commencé avec peine à se débarrasser des vêtements mouillés, plaqués sur leur peau. Elles ont entendu les pas s'arrêter à quelques mètres d'elles, sur un craquement de plancher. Elles s'interpellent du regard, plus un bruit, le temps est suspendu au silence. Puis le plancher qui gémit à nouveau. L'homme s'est tourné vers la porte en face, la pousse, entre dans l'obscurité et s'y enferme à clé.

Il connaît la pièce par cœur, fait quatre pas puis pivote sur la droite, pas besoin de lumière pour s'installer derrière le bureau. Le corps s'affale sur la chaise avec gravité, comme lesté d'un fardeau qu'il s'apprête enfin à quitter. La tête bascule en arrière, les paupières glissent sur les reflets humides de ses yeux. Une douleur sourde lui inonde l'esprit, il passe la main dans ses cheveux, pressant son crâne comme pour l'encourager à se réveiller d'une longue léthargie, le préparer à une pesante fatalité. Puis il ouvre l'ordinateur, baignant son visage d'une pâleur froide, et reprend son texte là où il l'avait laissé. Il a pris une profonde inspiration avant d'effleurer le clavier.

XX

Les claquements répétés du volet sous les rafales arrachent Alice à son sommeil. Enroulée dans sa couverture, elle se lève pour entrevoir à travers la vitre ruisselante à quoi ressemble cette île battue par la pluie. Effaçant la buée, elle distingue l'homme à une vingtaine de mètres, bravant les éléments pour retendre les câbles de la petite éolienne qui menacent de se rompre. L'idée germe en une fraction de seconde, elle se rue sur Suzanne pour la réveiller sans s'apercevoir que, de dos, celle-ci a déjà les yeux grands ouverts.

— Suzanne... Suzanne !

Elle finit par se retourner.

— Il est sorti. Il faut en profiter...

Alice saute dans les vêtements encore humides étendus au pied du lit, houspillant Suzanne pour qu'elle s'empresse de l'imiter.

La porte de la chambre s'ouvre prudemment sur le couloir désert. Happée par la curiosité, Alice n'attend pas Suzanne pour tenter d'ouvrir la porte d'en face, verrouillée la veille. En vain. Elle se rue au fond du boyau et en pousse une autre donnant sur la chambre de l'homme, meublée d'un lit aussi rudimentaire que le leur et d'une commode dans laquelle sont entassés, pêle-mêle, quelques vêtements froissés. La quatrième porte grince sur une petite salle de douche n'offrant elle aussi que le confort minimum et rien à découvrir qu'un maigre nécessaire de toilette. La dernière, ponctuant le couloir, masque un cagibi où se dressent un balai et une serpillière parmi quelques produits ménagers. Revenant sur ses pas, Alice rejoint Suzanne, enfin sortie de la chambre, immobile et droite devant le petit paysage du lac sous un clair de lune.

— Qu'est-ce que tu regardes ?

Suzanne ne répond pas. Dans sa précipitation, Alice a déjà entrepris la fouille de la cuisine. Puis voyant que Suzanne tarde à lui emboîter le pas :

— Dépêche-toi !

Suzanne finit par obtempérer sans enthousiasme. Alice s'est ruée sur le placard à la recherche d'un potentiel indice...

— Aide-moi !

— À quoi ?

— Je ne sais pas... à trouver...

Les déceptions s'enchaînent sous forme de boîtes de conserve, d'un peu de vaisselle ou d'objets d'une frustrante banalité. Mais cela n'entame pas son ardeur :

— Il n'a pas dit un mot depuis notre arrivée. Comme s'il nous attendait, justifie-t-elle, poursuivant sa perquisition.

— Ou comme si ce n'était pas lui et qu'on le dérangeait...

Disant cela presque pour elle-même, Suzanne voit, posée au sol juste à côté de l'armoire, une caisse remplie de vodka à laquelle Alice n'a prêté aucune attention. Elle se penche pour en sortir une bouteille qu'elle garde entre ses mains, hypnotisée...

— Tu as trouvé quelque chose ? s'illumine Alice, pensant qu'une piste lui avait échappé.

Suzanne l'ignore. Alice s'approche quand, soudain, la porte s'ouvre. L'homme apparaît sur le seuil, dans un hurlement de vent et de pluie. Il observe les deux femmes, immobile. Prise d'un curieux réflexe, Suzanne a eu le temps de dissimuler la bouteille dans son dos.

— Bonjour... On cherchait quelque chose à manger, tente de justifier Alice.

L'homme laisse le temps à leur silence de les embarrasser avant de refermer derrière lui. Visage ruisselant, il va droit au placard ouvert pour en sortir une boîte à biscuits qu'il pose sur la table, puis se tourne vers l'évier pour laver ses mains épaisses couvertes de cambouis. Alice ne le quitte pas des yeux :

— Merci.

Elle prend un biscuit puis tend la boîte à Suzanne qui reste figée, avant de finalement la redéposer.

— On est vraiment désolées de vous déranger. On faisait une petite sortie en mer quand le vent s'est levé. Il nous poussait au large. On a voulu accoster, mais notre bateau s'est fracassé sur les rochers.

Leur tournant toujours le dos, l'homme ne réagit pas. Alice rassemble son courage et ose un pas vers lui :

— Alice...

L'homme se retourne enfin, s'essuyant longuement les mains avant de finalement accepter celle que lui tend Alice :

— Franck.

La paume est puissante, la voix intimidante. Alice est partagée entre la fierté de lui avoir soutiré une parole et le regret incongru de ne pas avoir entendu « Victor ».

— Enchantée. Suzanne, mon amie...

Suzanne ne s'approche pas et concède un léger salut de la tête.

— On ne veut pas vous déranger. Nos téléphones ont pris l'eau, mais si vous pouvez appeler quelqu'un pour venir nous chercher...

Profitant qu'Alice parlait, l'homme a tendu une main aveugle vers Suzanne pour qu'elle lui rende la bouteille cachée dans son dos. Ce qu'elle fait, assaillie par la honte d'un enfant pris en flagrant délit, à qui ne rien dire est déjà le punir. Sans quitter Alice des yeux, il en dévisse le bouchon pour boire une rasade, puis tend le goulot à Suzanne, l'invitant à l'imiter. Elle ne bronche pas. Il en boit une seconde puis, répondant à la question d'Alice :

— D'ici on ne peut appeler personne.

— Personne ? s'étonne-t-elle.

— Un bateau ravitaille tous les mois, il passe dans trois jours...

L'homme pose enfin les yeux sur Suzanne, comme si la suite lui était tout particulièrement destinée :

— D'ici là...

À quoi joue-t-il ? Elle est déroutée, plonge dans une angoisse palpable. Alice s'en aperçoit et, voulant la libérer du silence paralysant de l'homme :

— Si on avait su... badine-t-elle.

— Vous ne vous seriez pas échouées ? enchaîne-t-il en se tournant vers elle.

Alice est cueillie, l'homme s'en réjouit imperceptiblement. Après avoir à nouveau appuyé un regard sur Suzanne, il disparaît dans le couloir. Pétrifiées, elles l'entendent ouvrir la porte qui fait face à leur chambre puis la refermer à clé.

XXI

Le vent a redoublé, dissuadant même la pluie de toucher le sol. Sur la crête du plateau, les deux femmes observent les vagues qui battent, furieuses, les flancs de l'île. Quand bien même elles auraient pu appeler quelqu'un sur ce continent qui les nargue, personne ne se risquerait à venir les chercher. À la satisfaction d'Alice :

— C'est lui, je le sens.

— Il s'appelle Franck, objecte Suzanne.

— Victor Zerr, c'est un pseudo. Il vit caché de tous, ce n'est pas pour tomber le masque devant les deux premières venues.

— Devant celle dont il a étalé la vie dans ses bouquins, pas la première venue ! Si c'est lui, pourquoi il fait semblant de ne pas me connaître ? Il doit bien avoir une idée de ce à quoi je ressemble, non ?

— Laisse-lui le temps...

— Le temps ? Je pensais qu'il ne résisterait pas au besoin de nous dire...

Suzanne ne lit rien dans l'expression d'Alice qui puisse trahir un doute, une contrariété. Consciente qu'elle est ici sans qu'on l'y ait forcée, qu'en vouloir à Alice plus qu'à soi-même d'être prisonnière serait lui reconnaître un ascendant qu'elle se refuse à accepter, Suzanne retourne vers la maison.

Le visage d'Alice bascule dans l'horizon. Fermant les yeux, inspirant profondément, remerciant les forces de la nature de la retenir sur cette île, elle prie le ciel de ne pas s'être trompée.

XXII

L'envie était trop forte, elle n'a pas pu résister.

Elle a traversé la pièce principale, emprunté le couloir et fixé encore le paysage hypnotisant. Combien de temps ? Elle l'ignore. Puis elle s'est tournée vers la pièce face à la chambre. L'homme est là, elle le sent, elle le sait. Rien n'y fait, elle veut pousser la porte, ça dépasse son appréhension, vainc ses réticences. Comme une envie de braver le vertige, quand les jambes indiquent la présence du sol, mais que les yeux affolés par le vide les démentent. Qui croire ? À qui se fier ? À la main qui s'éloigne inexorablement devant soi, cédant à la tentation d'ouvrir ? À la peur qui supplie votre instinct, votre corps, votre raison d'y résister ? À la raison qui implore qu'une voix intérieure puise un argument dans la mémoire et vous préserve ? Mais toutes restent muettes, ne parviennent à rien articuler. Suzanne tourne fiévreusement la poignée.

Il connaît la plainte de chacune des lattes de son plancher. Devant son ordinateur, l'homme a entendu les pas s'arrêter. Il devine même qu'il s'agit de ceux de Suzanne, sinon pourquoi se seraient-ils tant attardés devant le tableau ? Il regarde pivoter le pommeau au-dessus de la clé. La porte est verrouillée. On jurerait qu'il le regrette, qu'il aurait préféré qu'elle se libère. Sans doute est-il encore trop tôt. Le face-à-face aveugle s'étire, plus intense que si le battant s'était effacé. D'un côté les incertitudes, de l'autre une réponse. Vraisemblablement. Peut-être. Mais Suzanne n'a pas le temps d'entrevoir un répit qu'elle entend Alice revenir dans la maison. Elle desserre instantanément les doigts pour se réfugier dans la chambre. A-t-elle pressenti que celle-ci ne serait plus jamais une alliée ?

XXIII

Un petit miroir sans fioritures est suspendu au mur de l'entrée, témoin d'un temps où la maison devait être occupée par une personne dont l'apparence importait à une autre. Alice tente de rajuster sa coiffure, les cheveux encore poisseux du sel de la veille. Ignorant ce que cette rigueur perdue révèle de ses charmes, elle tente de domestiquer les mèches qui lui balaient le visage. Peine perdue.

Froissée, elle se dirige vers la cuisine. Sur la table, l'homme a abandonné un fond de café. Elle regarde la tasse. Aussitôt, les lignes d'un roman lui rejaillissent à l'esprit, souvenir d'un soupirant croisé dans les pages d'un dîner, fixant la coupe en cristal sur laquelle s'inscrit en rouge la bouche de la femme qui vient de l'éconduire. Le héros subtilise le verre, pièce à conviction de son dépit, empreinte de la plus éternelle des idylles puisqu'elle lui sera à jamais refusée. Alice jette machinalement un regard par-dessus l'épaule pour vérifier qu'elle n'est pas observée. Délicatement, elle caresse le bord de la tasse du doigt, le porte à ses lèvres, au bout de la langue, fermant les yeux. Fantasme volé, particules de baiser parfumé d'amertume... Le trouble est fugace, la saveur s'évapore, Alice se ressaisit.

Son regard parcourt la pièce, en quête de quelque chose. Elle plonge la main dans la poche de sa veste, en extrait son portable. Noyé, impossible à rallumer. Puis elle gagne à son tour la porte de la pièce occupée par l'homme et, timide, frappe. Pas de réponse. Elle frappe encore. La porte s'entrouvre.

— Pardon de vous déranger, vous auriez l'heure ?

Intérieurement, elle s'amuse de la banalité de cette question dans le frisson qui tarde à la quitter.

— Non, prononce la bouche qu'elle imaginait sienne.

— Ah... Comme je commençais à avoir faim, je me demandais...

— Si vous avez faim, mangez.

— Vous n'avez pas faim, vous ?

— Je n'ai pas le temps.

— Vous travaillez ?

L'homme ne répond pas. Par la porte entrebâillée de la chambre, il aperçoit l'ombre fuyante de Suzanne.

— Vous finissez tard ? insiste Alice.

L'homme décide finalement de sortir. Alice a bien tenté de jeter un œil curieux à l'intérieur par la porte entrouverte, mais il a pris soin d'occulter la vue de son corps. Il referme derrière lui sans verrouiller. La précédant de quelques pas en direction de la cuisine, il sent Alice hésiter :

— Vous venez ?

Elle abandonne à regret l'idée de pousser la porte. Si seulement elle avait l'audace d'une héroïne, se dit-elle. Sans doute aurait-elle bondi sur l'occasion, s'enfermant dans la pièce pour y découvrir la vérité... Une vérité. Mais non, elle lui emboîte le pas, docile, obéissante, le suivant jusque devant le placard de la cuisine. Il en sort, objet bizarre, une vieille pendule d'échecs. Deux cadrans dans un châssis de bois, un poussoir à chacun de leur sommet. Il en remonte le mécanisme, appuie sur chacun des boutons pour vérifier qu'elle fonctionne. À tour de rôle les petites aiguilles se mettent à tourner.

— Ça ne dit pas l'heure qu'il est... s'amuse-t-elle.

— Ça mesure le temps qu'il reste... rétorque-t-il, froidement ambigu.

Alice prend avec perplexité l'objet qui lui est tendu. Elle était sur le point de profiter du bref silence pour oser lui demander ce qui la hante, mais trop tard, à nouveau. Dès qu'elle saisit la pendule, l'homme tourne les talons et prend la direction de son antre, dans laquelle il va s'enfermer à clé. Elle peste intérieurement en le voyant s'éloigner, se reprochant cette tiédeur navrante qui la confine dans sa réserve dès qu'un enjeu lui semble important. De quoi a-t-on peur lorsqu'on se retranche derrière une armure de précautions pour oser une simple question ? De quoi a-t-elle peur en cet instant ? Qu'il découvre que leur visite sur cette île n'est pas aussi fortuite qu'elles l'ont laissé entendre ? Ou autre chose, plus compromettant ?

Avant de s'enfermer dans son bureau, l'homme a aperçu Suzanne assise en boule sur son lit, les yeux clos. Ce prosternement l'a plongé malgré lui dans ses souvenirs. Il se fige, dos à la porte. Fouille sa mémoire, front baissé. À moins qu'il n'imagine ? Tout cela ne serait-il pas qu'un prétexte pour coucher un texte sur du papier ?

XXIV

Dans la cellule réservée aux éléments violents, le jeune garçon est prostré sur son matelas.

Une clé tourne dans la serrure. Un éducateur entre, un gobelet d'eau dans une main et un cornet en papier contenant des cachets dans l'autre. Amorphe, le jeune homme n'esquisse aucune réaction.

— C'est de la merde, je sais, admet l'éducateur. Ce n'est pas à toi que je vais mentir. C'est juste le chemin le plus court pour sortir d'ici.

Le jeune homme prend les pilules et les gobe docilement avec un peu d'eau. Le temps de lui adresser une moue d'empathie, aussitôt engloutie dans le regard absent, l'éducateur sort, peiné, en verrouillant la porte.

La molécule produit son effet. Les jours se désagrègent, les sens deviennent sourds, les objets se dérobent. La pensée s'enlise dans un magma doux et gluant, pataugeant pour en épargner un soupçon d'évidence, une bribe de conscience. Le bruit de la serrure lui parvient, étouffé. Il ignore s'il s'agit de la même clé, de la même porte ou du même éducateur qui réapparaît chaque fois. Mais plusieurs centaines de pilules se sont écoulées lorsqu'il est enfin autorisé à quitter la cellule.

— Tu viens ?

Ça doit être réel puisqu'il rejoint servilement la silhouette sur le pas de la porte. Qu'on le soutient dans les couloirs pour le guider vers sa chambre, qu'on lui ouvre, qu'on pose une main sur son dos pour vaincre une soudaine résistance. La vue de l'appui de fenêtre vide lui a cloué les jambes, gelé ce qui lui reste de sang. Personne n'y a replacé ses livres ? Incapable d'articuler une pensée, le jeune homme a juste la force de tourner vers l'éducateur un cri muet de désespoir.

— Je n'ai rien pu faire, s'excuse celui-ci. Le protocole exige qu'on confisque tout objet ayant motivé un acte de violence.

Désolé, impuissant, l'éducateur l'abandonne seul, hébété, devant la chambre vide.

Accepter la réalité ? Ne plus pouvoir s'en s'évader ? Le jeune homme se détourne finalement et quitte péniblement le bâtiment dont les murs absorbent mollement l'écho des chahuts. Dehors, il atteint un groupe d'ados assis à l'abri des regards dans un recoin discret. L'un d'eux glisse sur lui ses pupilles dilatées :

— Ça y est ? Ils t'ont sorti ?

Il tient une seringue dans une main et une ceinture prête à lui étrangler le bras dans l'autre. Le jeune homme le regarde un instant puis, pointant vaguement le liquide brunâtre dans un effort surhumain pour bégayer une volonté :

— Je peux ?

Achever la réalité.

XXV

L'aiguille du bras de la platine s'enfonce délicatement dans le sillon noir du vinyle, produisant un léger craquement. L'homme pose la pochette du disque à côté de l'ordinateur, sur le bureau. Les premières notes résonnent, avalanche d'archets frappant des cordes de violons. *L'hiver*, Vivaldi. Piqué d'une intense émotion, il ferme les yeux en se serrant le front.

Les accords s'insinuent dans les murs pour parvenir en sourdine à Suzanne. Toujours prostrée, elle lève les paupières vers la musique, intriguée. Les notes réveillent un trouble qui lui échappe, ressuscitent une douleur diffuse inscrite dans la mémoire de sa chair. Vertige, à nouveau, dont elle ignore la cause. Elle se couvre les oreilles, le plus fort possible, ne pas écouter, ne rien entendre.

Dans la cuisine, Alice accueille l'air avec légèreté en dressant la table pour deux personnes. Bizarre, se dit-elle, comme cet hiver-là a le pouvoir de réchauffer. Elle fredonne en mettant la dernière main au repas quand la musique cesse. Repas qui n'en a que le nom, pense-t-elle en posant sur la table la casserole remplie d'une bouillie de légumes en conserve, mais ça aura le mérite de requinquer.

— Suzanne ?... Suzanne ?...

Elle va à la chambre et, poussant la porte, la retrouve enroulée dans sa couverture, les yeux dans le vide, tremblant comme un animal blessé.

— J'ai cru que tu dormais, j'ai préparé à manger.

Pas un geste. Alice la rejoint sur le bord du lit :

— Ça va ? Il faut que tu manges, tu ne vas pas rester trois jours comme ça. Il est enfermé dans sa pièce, il ne sortira pas. Viens !

La douce insistance de la jeune femme convainc tout juste Suzanne de se lever. Elles sortent ensemble, Alice lui prêtant son épaule pour atteindre la cuisine et l'asseoir sur le banc qu'elle lui a reculé. Après l'avoir servie et s'être elle-même installée de l'autre côté, Alice s'aperçoit que Suzanne a le regard happé par quelque chose dans son dos.

— Qu'est-ce que tu regardes ?

Alice se retourne et identifie la source de son mutisme : la pendule d'échecs posée à l'angle de l'évier.

— Ah... C'est Franck. Il n'y a pas d'heure ici, alors il m'a donné ça, explique-t-elle, amusée.

Mais cela ne semble pas apaiser Suzanne qui plante les coudes dans la table et secoue douloureusement la tête entre ses mains.

— Qu'est-ce qu'il y a ? s'inquiète Alice.

— Rien.

— Si, dis-moi !

— Il y a des choses dans cette maison...

— Quoi ?

— C'est comme si...

Comment définir le mal qui vous enserre quand ce que l'on éprouve n'appelle aucun mot ? La sensation d'être vide et ravagée à la fois par un ennemi invisible que rien ni personne ne peut contenir ou même identifier. Qui vous aspire en vous-même, vous engloutit dans une introspection impossible. Pas faute de vouloir, non, juste... de pouvoir. Elle sait la difficulté de se livrer, de verbaliser. Tout, rien, ce qui semble anodin, vous passe par la tête. Elle l'explique à ses patients. Mais là... Un vacarme de fond. Un chaos impalpable, inaudible, qui vous précipite aussi inéluctablement dans le malheur que le bonheur vous transporte dans la clarté :

— Je ne comprends pas...

— Tu es à bout de forces. Mange, on verra plus tard.

À ces mots, le bruit léger de la serrure traverse le couloir, précédant l'homme qui apparaît quelques pas plus tard dans l'entrée de la pièce.

— Bon appétit.

— Merci. Vous êtes sûr que vous ne voulez pas...

— Non merci, interrompt-il.

Passant dans son dos pour ouvrir le frigo, il pose, couverture contre table, un livre qu'il tenait dissimulé derrière son avant-bras. Puis il sort une bouteille de vodka qu'il soulage de plusieurs gorgées. Alice n'a quitté le bouquin des yeux que pour lancer une œillade à Suzanne, qui ne s'en est pas aperçue. Cet ouvrage, là, à portée de main... L'occasion est trop belle cette fois, elle s'interdit de la laisser passer.

— Vous lisez ?

— Comme trop peu de monde, répond-il bouteille à la main, en prenant soin de fixer Suzanne. Alice tourne le livre pour en voir la couverture : *La vie devant soi.*

— Ajar... commente-t-elle, cherchant un biais pour...

— Et vous, vous écrivez ? la coupe-t-il.

Cette question, qu'Alice aurait tant voulu poser avant qu'il ne lui brûle la politesse, la propulse dans un soudain embarras.

Satisfait de son ouverture, l'homme sourit et appuie sur un poussoir de la pendule d'échecs qu'il pose sur la table, signifiant que la partie imaginaire a débuté. La petite aiguille s'est mise à trotter. Alice regarde furtivement Suzanne avant de bredouiller :

— Non. Je travaille dans une librairie mais...

Ayant anticipé cette réponse avec un coup d'avance, l'homme appuie sur l'autre poussoir de la pendule avant de relancer :

— Mais vous écrivez. Aussi.

Un « aussi » lesté d'ambiguïté. Parlait-il de lui-même ou évoquait-il un potentiel prolongement de l'activité de libraire ? L'intonation laisse penser qu'il est sûr de son fait et que, quelque part, il la connaît. Elle a un petit rictus nerveux, c'est à elle de jouer.

— Votre temps s'écoule... s'amuse l'homme.

La confusion d'Alice n'échappe pas à Suzanne. L'homme boit ostensiblement une nouvelle rasade, puis pose la bouteille au milieu de la table, devant elle. Son regard s'affole, de la bouteille à la pendule, de la pendule à Alice, d'Alice à l'homme, de l'homme à... D'un revers de main qui lui échappe, elle envoie valser bouteille et horloge qui rebondissent sur le plancher. Puis, assaillie par l'incompréhension d'Alice et l'indifférence suspecte de l'homme, elle se dresse en renversant le banc, quitte précipitamment la cuisine et court s'enfermer.

Alice reste muette. Au sol, la petite aiguille de son cadran égraine le temps, grignotant seconde par seconde la volonté de se mesurer au silence de son adversaire. Vaincue, elle se lève à son tour. Fin de partie.

L'homme l'a regardée s'éloigner. Il s'accroupit calmement pour ramasser la pendule, la regarde tourner dans sa main avec une tristesse étrange, puis en interrompt la course. Provisoirement.

XXVI

Lorsqu'Alice rejoint Suzanne dans la chambre, celle-ci se tient debout face à la fenêtre.

— Ça va ?

— ...

— Le livre. *La vie devant soi,* Ajar, pseudo de Romain Gary. Je suis sûre que c'est lui...

— À quoi vous jouez ? l'interrompt sèchement Suzanne.

— Pardon ?

— Le tableau, la pendule, la musique, « Mais vous écrivez. Aussi »... Vous jouez à quoi ?

— Comment ça, « on joue à quoi ? »

— Vous vous connaissez ?

— Non... se défend-elle avec une conviction chevrotante.

— Ce petit rictus, cet air embarrassé...

— Je n'étais pas embarrassée, je te promets ! C'est juste que...

L'hésitation peu inspirée d'Alice achève de convaincre Suzanne que la jeune femme a quelque chose à cacher. Impuissante, seule, à court d'arguments, elle fuit le malaise contagieux de cet aveu muet et sort en claquant la porte.

Lui est toujours dans la cuisine, adossé à l'évier. Quand elle y fait irruption, Suzanne se fige à hauteur de la bouteille qui a retrouvé sa place sur la table. D'un simple aller-retour du regard, l'homme lui indique qu'il s'attend à ce qu'elle la prenne. Nerveuse, elle hésite un instant puis, après l'avoir défié, quitte la maison, les mains vides.

XXVII

La tempête n'a pas faibli, la mer est démontée. Face au vent, sur un à-pic, Suzanne regrette ce continent si proche et inaccessible à la fois, ce mal-être apprivoisé qu'elle n'aurait jamais dû quitter pour une paix illusoire. Tout est allé si vite. Elle tente de se remémorer la première visite d'Alice, le livre oublié, ses airs faussement emprun-tés... Celle qui assurait vouloir l'aider à percer l'énigme d'un récit troublant ne pourra dorénavant plus nier être la complice de l'homme qu'elle prétendait ne pas connaître. Mais pourquoi, dans quel but ? Vers qui se tourner, comment savoir maintenant ? Et puis ces choses en apparence insignifiantes qui la harassent, déto-nateurs de ses vertiges et de ses angoisses répétées...

Soudain, là, juste sous ses pieds ! Elle aperçoit quelque chose coincé entre les rochers assaillis par les vagues en contrebas. Elle descend, se précipite, portée par l'espoir, sait que ce n'est pas prudent, mais... À mesure qu'elle s'approche, elle le recon-naît, c'est bien son sac, éventré. Bravant les gerbes d'écume, elle parvient difficilement à le récupérer, l'ouvre, le fouille, s'énerve au fil de ce qu'elle y retrouve, inutile, trempé... Si, là, peut-être, la boîte de cachets... Une joie vite avortée, l'emballage est vide, les pilules se sont évanouies. Elle rejette son sac à la mer, hurle de colère, maudit Alice, cet homme, cette île, les éléments. Puis s'écroule à genoux, accablée par le sort.

XXVIII

Personne dans la cuisine, cette fois. Suzanne est entrée dans la maison, épuisée, et a emprunté le couloir. Elle s'arrête à hauteur de la toile représentant la vue du lac, l'observe encore une fois, résolue à maîtriser son trouble. En vain.

À un pas seulement, les deux portes se font face, la chambre et cette tanière dans laquelle l'homme ne cesse de se retrancher. Deux flaques de lumière blafarde se répandent au sol et se rejoignent au milieu du couloir sur le plancher. Comme si les complices communiquaient par signaux, échangeant sans se voir, sans crainte d'être démasqués. Suzanne fixe les battants un à un, n'offrant de refuge pour aucun, abritant chacun un péril. Elle s'en détourne finalement et revient sur ses pas.

Traînant son désespoir jusque dans la cuisine, elle s'agrippe à la vue de la bouteille de vodka restée sur la table. Elle s'en empare, hésite, prend une rasade, la repose... À défaut de cachets, qui sait ?... Elle succombe à nouveau, l'emporte finalement puis, franchissant le lac sous un clair de lune et les conspirations du couloir, s'enfonce bouteille à la main dans l'obscurité.

Le cagibi, ce sera sa tranchée. Elle s'y aménage un espace au sol entre les produits ménagers, poussant les flacons, redressant dans un coin le balai. Elle s'y barricade, à l'abri de l'ennemi, des sons, de la lumière. Tapie dans le noir, elle se promet qu'elle tiendra, plus que deux jours avant le bateau, plus que quelques heures à résister. Il reste la vodka, tant pis pour les cachets. Courage, sédation à l'ancienne, encore une gorgée... Une autre encore... Encore une dernière...

Les paupières tombent dans un lourd soulagement. Sur leur écran, d'infimes lumières scintillent. Elle se revoit adolescente, dans sa chambre, quand elle s'amusait à les faire naître. Étincelles d'un souvenir qu'elle croyait évanoui. La bouteille est presque vide...

XXIX

... elle a seize ans.

Affalée sur son lit, elle pince les yeux, très fort. Les étoiles la font sourire en dansant.

Une femme fait irruption dans sa chambre. À travers les rideaux tirés, la lumière d'un après-midi d'hiver filtre froidement et trahit l'expression de l'intruse, entre colère et incrédulité. Suzanne tente bien de dissimuler le cadavre de vodka sous la couverture, mais la ménagère s'en aperçoit et le lui confisque sur-le-champ. Elle lit avec effroi l'étiquette sur le flacon tiède. Identique à celles de la caisse dans la cuisine...

— C'est pour ça que je t'ai élevée ? s'offusque-t-elle, désemparée. Tous ces sacrifices pendant toutes ces années... La récompense, c'est ça ?... Je t'interdis ! Je t'interdis, tu entends ?

— Tu es ma mère ? la fusille Suzanne à bout portant.

L'adolescente a prononcé ces mots entre défi et question sincère. Sonnée, incapable de retenir des larmes d'impuissance, la femme s'arrache à la violence de son regard en reculant. L'insolence ivre de Suzanne finit de la chasser hors de la chambre. Mais à peine la porte a-t-elle claqué que la jeune fille est accablée par la détresse. Déjà les vertiges. Et, déjà, elle ne savait pas pourquoi.

XXX

Ce qu'elle cherche n'est probablement pas ici, mais c'est plus fort qu'elle : tant que ses tentatives n'auront pas été maintes fois vaines, Alice ne pourra y renoncer. Attablée dans la cuisine, elle balaie la pièce du regard. L'armoire, peut-être ? A-t-elle vraiment bien regardé ? Elle se lève et l'ouvre, encore, fouille, une dernière fois... Rien. Dans sa fièvre, elle n'a pas entendu arriver l'homme qui l'observe dans l'encadrement du couloir. C'est le son mat des lettres jetées sur la table qui la fait sursauter. Elle n'a pas le temps de s'inventer une excuse que l'homme lui coupe l'herbe sous le pied :

— C'est ça que vous cherchez ?

Calme, il s'approche de la gazinière et se sert un café. Alice a rejoint la table pour prendre le paquet entouré d'une ficelle entre les mains :

— C'est vous ?

Alice accueille son silence comme un aveu :

— Vous êtes Victor Zerr.

— Et vous écrivez, lui confirme l'homme entre deux gorgées.

L'extase dispute à l'embarras l'expression de la jeune femme. Elle n'imaginait pas que cette révélation tant désirée soit à ce point brouillée par la gêne, comme si elle s'était, en un instant, retrouvée nue.

— Ce n'est rien, juste des lettres qui... Je ne savais même pas si elles vous parviendraient, bafouille-t-elle. J'avais l'espoir que oui, mais...

— Un homme de confiance récupère mon courrier chez l'éditeur.

— Vous les avez lues ?

L'homme fait oui de la tête.

— Toutes ?

Il confirme.

— Je suis désolée. Enfin je veux dire...

— Pourquoi ?

— Tout ça... Mes mots, les détails de ma vie... Ça a dû vous paraître...

— Qui suis-je pour vous le reprocher ?

Alice fait face. Elle peut, enfin ! Plus besoin d'audace, de mensonges, de masque ou de faux-semblants, seul compte désormais la vérité. Elle peut se livrer.

— Mais vous êtes... l'auteur qui m'a le plus touchée depuis que je lis. Votre premier livre, *Me*... La solitude, vous en parlez comme aucun autre ne l'a jamais fait. Je suis seule moi aussi, je sais ce que c'est. Je voulais vous le dire, maladroitement, vous dire que chacun, dans notre solitude, on n'est pas si éloignés peut-être... Puis dans *MeMor*, il y a eu Camille. Mes tourments prenaient chair sous les traits de cette femme qui...

Elle est interrompue par un bruit de pas qui la panique aussitôt. Par réflexe, elle prend ses distances et dissimule le paquet de lettres dans son dos.

Suzanne apparaît. Enivrée, mais pas suffisamment pour que la raideur d'Alice lui échappe. Qui, d'ailleurs, ne l'aurait pas notée ? Consciente d'être indésirable, elle leur administre un double sourire forcé.

— Je dérange ?

Alice est écartelée entre le désir brûlant de lui révéler qu'il s'agit bien de Zerr et l'obstacle de dévoiler ce qu'elle tient caché. Elle est à deux doigts de succomber à l'urgence, mais comment avouer qu'elle a menti sans déclencher une tempête ? Par omission certes, mais cela ne reste-t-il pas un mensonge, un de plus ? À confesser à Suzanne, mais surtout devant l'homme qu'elle assurait de la proximité de leurs sentiments, qu'elle s'efforçait d'approcher en le convainquant de la pureté des confidences adressées dans ses lettres !

Suzanne titube autour de la table pour soulager la caisse de vodka d'une nouvelle bouteille. Voyant la nervosité d'Alice, Zerr saisit l'occasion pour quitter la pièce en passant derrière elle, afin de la débarrasser discrètement de ses encombrantes pièces à conviction. Suzanne a senti quelque chose sans voir précisément ce qu'il se passait, renforçant sa certitude qu'elle vient d'interrompre leurs manigances. Elle s'assied à table et, s'excusant ironiquement du départ prématuré de l'homme :

— Désolée.

— Pourquoi tu dis ça ?

Suzanne choisit de se servir un verre pour mieux apprécier la portée de la question.

— Pourquoi... reprend-elle à son compte.

Elle jauge sa vodka, réfléchit un instant, y dissout ses pensées et la vide cul sec. Puis, verre levé en direction d'Alice, célébrant une victoire inespérée sur elle-même :

— Oublié.

— Tu ne devrais pas te mettre dans cet état...

— Toi non plus...

— ...

— C'est lui ?

— Non... Enfin, je ne sais pas.

Ce doit être le non le moins crédible qui n'ait jamais été prononcé, se dit-elle. Un rictus de Suzanne lui confirme que son point de vue est partagé.

— Je vais me doucher, prétexte finalement Alice pour écourter son embarras.

Elle sort sans conviction. À peine a-t-elle disparu dans le couloir que Suzanne remplit un nouveau verre et le lève, trinquant à voix basse :

— Ça ne te lavera pas de tes péchés.

Elle est prise d'un doute : s'adressait-elle à Alice ou à elle-même ? Aucune importance, elle l'a vidé.

XXXI

Une eau bienfaitrice, désirée, qui disparaît quand on lui commande, à l'inverse de cette pluie qui ne veut pas cesser. Alice sort de la douche et, enveloppée dans une serviette, s'arrête devant la petite armoire aux portes miroir.

C'est lui, c'est Zerr. Sur la tablette du lavabo, les quelques effets de toilette ne sont plus ceux d'un inconnu. Elle les observe, curieuse, fascinée, ouvre l'armoirette. Un blaireau, un coupe-chou... Quelques savons, un parfum... Elle dévisse le bouchon, inspire timidement, respire à plein nez. Elle s'envoûte, s'imprègne, frémit. C'est l'essence de l'homme qu'elle admire, son souci de plaire, son désir de séduction. Elle le sent, l'imagine, c'est lui, passe la main entre les jambes, le ressent, il est en elle, il la prend. Le visage se crispe, le souffle devient court, son avant-bras cherche le mur, ses paupières s'abandonnent, elle se caresse, se tend, jouit, haletante, hébétée, trouve appui sur l'émail blanc. Puis rouvrant les yeux sur ses doigts mouillés, elle rassemble ses esprits, quitte son émoi, range le flacon sur lequel elle referme les portes miroir et... se redécouvre. Ça ne lui était jamais arrivé.

XXXII

Visage enfoui dans les bras, Suzanne est affalée sur la table lorsqu'Alice réapparaît dans la cuisine. Après s'être assurée qu'elle dormait profondément en lui secouant l'épaule, elle repart à pas feutrés dans le couloir :

— Franck ?... Franck ? souffle-t-elle en toquant à sa porte.

Pas de réponse.

— J'ai besoin de vous parler... S'il vous plaît.

Zerr ouvre après quelques instants et se tient dans l'entrebâillement :

— Oui...

Son premier oui, ne peut-elle s'empêcher de penser.

— Si ça ne vous ennuie pas, je préférerais qu'on sorte, suggère-t-elle en surveillant la cuisine par-dessus son épaule.

Zerr la suit, prenant soin de verrouiller la porte cette fois-ci. Ayant traversé silencieusement la maison, ils s'arrêtent sur le seuil, à l'abri de la pluie.

— Oui ?

— Merci, tout à l'heure, pour les lettres. Je préférais qu'elle ne les voie pas.

— J'avais cru comprendre.

Alice prend une profonde inspiration :

— J'ai menti quand je lui ai dit que j'ignorais pourquoi le

personnage de Camille me ressemblait... Que, comme elle, il fallait que je découvre pourquoi. En vérité, j'ai tout fait pour vous retrouver.

Zerr écoute sans l'interrompre, mais prend soin de ne pas la regarder, ne la délivrant pas trop tôt de ce sentiment de culpabilité qui motive ses explications.

— Je suis tombée amoureuse de votre écriture, dès le premier roman, c'était pour ça les lettres. Ça en serait resté là s'il n'y avait pas eu Camille... J'ai parfois tendance à me projeter, je sais, mais là... Mieux que je ne pourrais jamais le faire, vos mots traduisaient mes peurs, mes aspirations, mes questionnements... J'étais... Et puis, un jour, il y a eu ce client qui m'a appris l'existence de cette thérapeute. J'ai d'abord cru à une blague, mais non... La même spécialité, le cabinet, la décoration, tout...

— Et vous avez rencontré... ponctue-t-il d'un hochement de tête vers la maison.

— Le personnage principal. Comme moi, il existait. J'étais entre fiction et réalité. J'ai d'abord pensé qu'elle vous avait envoyé des lettres, elle aussi. Mais non, j'ai vite compris que...

Zerr fronce légèrement les sourcils, comme si quelque chose lui échappait. Alice n'a pas le temps de percer son expression qu'un bruit sourd retentit, venu de l'intérieur, puis un second... Il se précipite, suivi comme son ombre par Alice, pour découvrir Suzanne, dans le couloir, essayant à grands coups de pieds de défoncer la porte du bureau. Il se jette sur elle, la plaque au mur. Elle se débat, gifle, griffe, hurle. Rien ne semble pouvoir la calmer.

— Lâche-moi ! Lâche-moi ! Qu'est-ce qu'il y a là-dedans ? Qu'est-ce que tu mijotes, hein ? Vous croyez que je ne vois pas votre petit jeu ? Qu'est-ce que vous mijotez ?

Elle s'est reculée et se tient à quelques mètres d'eux vers le fond le couloir, ivre de rage. Ils la regardent, interdits, muets. Acculée par les regards braqués sur elle, Suzanne veut fuir. Alice essaie bien de la retenir par le bras pour la raisonner...

— Suzanne...

Mais celle-ci se dégage et, brandissant la main :

— Ne me touche pas, menace-t-elle entre les dents, mâchoires vissées.

Le corps tremblant de désespoir et de colère, Suzanne accule Alice contre le mur. L'homme observe, prêt à intervenir. Tenter de la maîtriser décuplerait sa fureur, il le sait. Attendre, il n'y a rien d'autre à faire.

Le souffle de Suzanne devient plus régulier. Le bras se baisse. Puis, reculant d'abord de quelques pas pour ne pas les perdre de vue, comme un animal apeuré, elle s'échappe de la maison en laissant la porte grande ouverte.

Alice met un long moment à se ressaisir, puis :

— Je suis désolée, s'excuse-t-elle finalement avant de s'éclipser.

XXXIII

Zerr a rejoint Alice dans la cuisine.

Appuyée contre l'évier, elle est d'autant plus confuse que l'homme assis à la table devant elle est l'écrivain qu'elle imaginait ne jamais rencontrer.

La situation est troublante. Affronter le créateur d'un personnage qui emprunte votre identité, celui qui a choisi vos traits, votre vie, votre passé comme matériaux de son génie... Pour autant, elle conçoit difficilement qu'une colère aussi destructrice que celle de Suzanne l'emporte sur la gratitude ou l'admiration :

— Je ne pensais pas qu'elle était... Je ne savais pas qu'elle réagirait si violemment à...

— À quoi ?

— Vous rencontrer. Ce n'est pas évident, surtout pour elle... La description du personnage est tellement fidèle... J'ai même pensé à un moment que c'était autobiographique, que c'était elle, Victor Zerr.

— Le personnage de Suzanne ?

— Oui...

— Mais... Je l'ai totalement inventé... corrige-t-il avec stupeur.

Alice pense avoir mal compris :

— Pardon ?

— Je l'ai inventé ! persiste-t-il, comme une évidence.

— Comment ça ?

— Comme on part d'une feuille blanche pour inventer un personnage, de presque rien. Sans vous, Camille n'aurait jamais existé, c'est vrai. Vos lettres m'ont touché. Ému, même. Votre fragilité... On puise un peu partout pour écrire. Dans ce et ceux qui nous entourent. Ou pourraient nous entourer... Pour Camille, évidemment !

Entre joie et incrédulité, les émotions se bousculent. Ne vient-elle pas d'apprendre que ses lettres l'avaient *ému* ? Ne vient-il pas de confesser que c'est en elle qu'il avait puisée ? Mais une ombre voile très vite ce frisson à peine éprouvé :

— Mais pour Suzanne ? ne peut-elle s'empêcher de savoir.

— Votre amie ? En rien je ne me suis inspiré de la vie de cette femme que je ne connais pas.

Alice reste un long moment sans voix. Puis, ne mesurant pas encore la portée de ce que Zerr vient de lui révéler :

— C'est impossible. Tout correspond entre vos livres et...

— Et quoi ?

— Et...

Elle ne sait par où commencer.

— Ce qu'elle vous a raconté ? l'aide-t-il.

— Que j'ai vu... aussi.

Zerr semble ne pas saisir. Plus tout à fait sûre de se souvenir précisément, comme on le fait face à un problème parfois, Alice tente de récapituler :

— Elle ignorait jusqu'à votre existence ! C'est moi qui lui ai fait découvrir vos romans, elle ne les a pas lus. Enfin, le deuxième si, parce que je le lui ai laissé. Mais pas *Me,* pas le premier ! C'est même moi qui lui ai mis en tête de vous retrouver.

— Ah bon ?

Ce banal étonnement la déstabilise un peu plus.

— Un client est venu me parler d'elle à la librairie et...

Elle cherche de nouveau.

— Et quoi ? Vous avez découvert quelqu'un qui ressemblait au personnage de Suzanne autant que vous ressembliez à celui de Camille ?

— La profession, Thérapie mnésique, les détails du cabinet, tout ! J'y suis allée, tout correspond, au détail près !

Zerr paraît tomber des nues. Abasourdie par sa réaction, Alice doit s'appliquer pour argumenter, autant pour le convaincre lui qu'elle-même :

— Son adresse personnelle ! Boulevard des Nations, que vous indiquez dans *Me* ! Son comportement... Son nom ! ponctue-t-elle comme une évidence à l'évocation de cet argument si incontournable qu'il lui avait échappé.

— Son nom ?

— Barn ! Suzanne Barn, comme dans le livre ! renchérit Alice.

— Ah d'accord...

Zerr prend le temps de bien réaliser avant de poursuivre :

— C'est drôle, ça m'a effleuré à votre arrivée, quand vous m'avez appris qu'elle s'appelait Suzanne. Pardon au passage si je vous ai accueillies aussi froidement. Parler, j'en ai un peu perdu l'habitude. Vous, je me suis douté de qui vous étiez, même si je ne savais pas dans quelles prédispositions vous veniez. Mais elle...

Alice est incapable de prononcer un mot.

— Le personnage que vous m'avez inspiré, je ne lui ai pas donné votre nom, pourquoi l'aurais-je fait pour elle ?

— Je ne sais pas...

— Et... Vous avez vu son diplôme ? Sa carte d'identité ?

Alice fait un léger non de la tête, comme s'il lui apparaissait soudain que c'était une démarche dont elle aurait dû d'abord s'acquitter. Zerr réfléchit à voix haute :

— Pour l'adresse... Vous dites que vous vous êtes rendue chez elle ?

— Oui...

— Mais dans mon livre, il n'est pas indiqué le numéro ?

Puis, pris d'un doute : « Si ? »

— Non... constate-t-elle aussi.

Ce qu'elle entrevoyait comme une somme d'arguments irréfutables se transforme en montagne d'incertitudes, friables, récusées une à une. Incapable désormais d'échafauder quoi que ce soit dans son esprit, elle s'en remet aux conjectures de Zerr.

— Je ne sais pas... *Me* a paru il y a quatre ans. Le boulevard des Nations est long, très long. Peut-être qu'en quatre ans elle aura eu le temps de trouver un appartement libre sur ce boulevard, d'y emménager...

— Et quoi ? D'ouvrir un cabinet, de le décorer suivant votre description, de s'inventer une spécialisation ? ne peut-elle s'empêcher d'ironiser en déroulant cet improbable scénario.

Zerr n'ajoute rien, comme s'il ne voyait pas d'explication plus limpide que celle avancée presque malgré elle par Alice. Soudain, l'évidence la foudroie :

— Vous voulez dire que...

— ... qu'elle puise dans mes romans pour s'inventer une existence.

XXXIV

Suzanne erre sur l'île, cernée par les éléments, prisonnière d'une étendue plane et sans barrière, l'esprit entravé par des liens invisibles qui se resserrent.

Par endroits, la falaise s'écoule en cascades de granit dans des criques difficiles d'accès. À moins de s'y jeter...

Basculer dans le vide, entraîner ses démons pour les fracasser en contrebas sur un rocher. Mauvaise chute espérée à une histoire désespérante. Ça paraît si simple, se jeter, mais on ne peut s'empêcher d'hésiter. Peur de l'inconnu sans doute, bien plus paralysante que celle de perdre ce qu'on est certain de vouloir quitter. Même si c'est le seul moyen d'y échapper... À part une barque peut-être... Comme celle qu'elle aperçoit soudain, ventre à l'air, hors d'atteinte des vagues, sur les galets ! Oui, là, une barque en bois !

Suzanne se précipite, dévale les rochers, s'approche, fait un rapide tour de la coque, constate qu'elle n'est pas abîmée, qu'elle abrite des rames. La mettre à l'eau maintenant mènerait à un échec assuré, mais la perspective existe, il faut la préparer dans l'attente du moment propice, d'une accalmie...

Suzanne tente de la retourner, mais rien à faire, l'embarcation est trop lourde, le bois gorgé d'eau. Elle s'essouffle, force, s'épuise, ses pieds s'enfoncent dans la grève humide. Elle crie d'efforts, hurle de rage… Puis se résout à son impuissance, déchaînant sa colère contre la coque inerte et sourde, la rouant des insultes et des coups qu'elle porterait volontiers à un être de chair :

— Saloperie ! Salope ! Petite pute !

XXXV

— Elle se serait construit un passé en décalquant ses souvenirs sur ceux d'un personnage de roman dont la particularité première est... ?

— D'effacer tous ses souvenirs, de chercher à tout oublier, conclut Zerr.

Alice n'en revient toujours pas. Ils se sont attablés, elle devant un verre d'eau, lui une vodka. Stupéfaite, elle intègre avec peine l'explication qu'il vient d'esquisser.

— C'est un puits sans fond. Et donc le livre, quand elle dit ne pas l'avoir lu...

— Elle ment. Ou pas : elle l'aura lu, puis, comme le personnage, se sera efforcée d'oublier. D'ailleurs elle est plutôt bien placée pour ça, rien qu'avec l'alcool... En lui rendant visite, en lui parlant de mon travail, vous l'avez involontairement confrontée à cette vérité. Vous êtes devenue le miroir dans lequel elle ne veut pas se voir.

— Pourquoi m'a-t-elle suivie ici alors ?

— Je ne sais pas. Connaître la suite de l'histoire ?

— Elle ignore qui vous êtes.

— Vous l'avez un peu aidée à s'en douter.

Elle ne peut qu'admettre.

— Et toutes ces choses qui la rendent mal à l'aise ?

— Autant d'éléments qui pourraient se retrouver dans un prochain livre, autant de souvenirs potentiels, mais qui n'ont pas encore de sens puisqu'elle n'a pas encore pu le lire.

Le puzzle commence à se constituer. La troublante ressemblance de Suzanne avec le personnage, l'origine de ses vertiges, la raison de ses addictions, la violence de ses réactions, aussi fascinantes qu'effrayantes quand on en connaît enfin le mobile... Tout cela lui paraît fou. Et inespéré. Jamais, en rédigeant les lettres ou en partant à sa recherche, Alice n'aurait pu fantasmer pareille immersion dans l'œuvre de Zerr. Dans son antre, dans son intimité. Dans ses romans passés et, qui sait, dans celui à venir... Oubliant Suzanne, elle ne peut s'empêcher de demander :

— Il est écrit ?

— Je n'ai pas tout à fait fini. Un des personnages prend une importance que je n'avais pas soupçonnée...

C'est un séisme émotionnel qui la secoue. Elle ne peut d'abord y croire, mais à la stupeur qu'elle affiche, Zerr répond d'un regard si intense qu'il dissipe toute ambiguïté. Oui, il s'agit de Camille, c'est bien elle. Le personnage qu'Alice a inspiré importe à un auteur, à un homme, peut-être même lui devient-il essentiel. Elle qui, enfant, se rêvait héroïne, est devenue source à laquelle on puise pour créer une œuvre, écrire une histoire, dessiner un personnage, donner envie de fantasmer, s'identifier, jalouser peut-être. Il a lu les lettres, il est seul lui aussi, il sait l'importance que cela revêt pour elle, il ne peut l'ignorer. Oui, son silence est une promesse, à n'en pas douter. Sinon pourquoi rester là, maintenant, à se regarder sans rien dire, sans avoir besoin de parler ?

— À se demander si tout ça est encore bien nécessaire, conclut-il finalement en jaugeant son verre qu'il écluse d'un seul trait. Puis il disparaît dans le couloir, laissant Alice aux prises avec son euphorie.

Derrière elle, dans l'encadrement de la fenêtre, Suzanne se tient debout sous la pluie. Elle a assisté à la scène, front collé contre la vitre. Alice finit par sentir sa présence, ce regard tendu de haine planté dans son dos. Elle se retourne froidement et, à sa propre surprise, brave Suzanne, bandant le cou, armant le menton. Comme le ferait une héroïne pleine d'audace, comme l'oserait un personnage principal... Pour la première fois, elle a le sentiment d'exister.

XXXVI

Lorsqu'il franchit définitivement le portail du foyer, le jeune homme a perdu la fraîcheur de l'adolescence, le visage est émacié. La grille coulisse dans un crissement métallique sur cinq années de coma. Devant lui, la rue, déserte. Personne pour le récupérer. Il glisse la main dans la poche de son sac à dos, le même qu'en arrivant, et en sort une clé. Il la regarde longuement au creux de sa main, puis se met à marcher.

Le train de banlieue quasi vide lui déroule son enfilade de paysages, glissant de la campagne aux pavillons préfabriqués avant de s'engloutir dans les cités. Il se dit alors qu'il n'a jamais vraiment voyagé, à part chimiquement peut-être. Deux banquettes plus loin, une femme lit. Ailleurs, dans un autre monde, à un autre temps. Au passé simple, plus simple. Au futur peut-être.

L'ascenseur de l'immeuble est toujours en panne, la cage d'escalier a perdu quelques carreaux, accueilli un ou deux caddies et gagné quantité de tags mal orthographiés. Home sweet home, *l'ambiance n'a pas changé.*

Devant la porte de l'appartement familial, aucune odeur de cuisine, maman doit être au marché. La clé glisse dans la serrure, il entre, accueilli par un parfum d'ordures. La cuisine est en bordel, le sol jonché de linge sale et de chaussures en fin de vie.

Dans le salon, le père est affalé en sous-vêtements dans le canapé, devant la télévision allumée, ronflant au milieu des canettes vides, des cartons de pizza et des cendriers qui débordent. Il l'observe un moment puis — c'est trop tentant — fait un pas de côté, masquant volontairement l'écran. Rien, pas d'insultes, pas même un petit « Oh ! » Accueil enflammé, il n'en espérait pas tant. Il emprunte le couloir, direction sa chambre.

Des claquements de chair suintent de l'intérieur et le stoppent devant sa porte. Intrigué, il la pousse finalement et découvre son frère honorant en levrette une conquête à moitié habillée sur un matelas nu à même le sol. Les lits superposés ont disparu. Il faut plusieurs coups de reins avant que le frère ne réalise qu'il est observé. Il ralentit à peine son va-et-vient :

— Qu'est-ce que tu fous là ?

Qu'est-ce qu'il fout là ? Lui-même n'en a aucune idée. Il s'apprête à fermer la porte sur ce coït quasi ininterrompu avant de se raviser au dernier moment. La petite étagère sur laquelle étaient rangés ses livres est toujours accrochée au mur, mais supporte un stock de capotes et des paquets de clopes vides ou entamés.

— Ils sont où mes bouquins ?

— À la benne. Oh ! Tu ne vois pas que je suis occupé là ?

Atavisme familial, toujours : même « Oh ! », même merdier.

— Maman n'est pas là ?

— Elle est morte.

Livide, le jeune homme referme la porte sur son frère qui a repris la cadence. En un éclair, les souvenirs de ses seules tendresses déchirent ses chairs pour épaissir l'enfer de ses douleurs.

Combien de temps il a erré dans la cité ? Il l'ignore. Les heures se délitent en tentacules épais et gluants. La nuit est tombée, les lumières qui ont survécu aux guetteurs dessinent des silhouettes furtives sur les façades des immeubles délabrés. Dans ce qui devait autrefois ressembler vaguement à une aire de jeux, une poignée d'ombres s'adonne à ce rituel si souvent répété. Il s'approche, tend un billet froissé qu'il tenait au fond de la poche, soulève sa manche sur un avant-bras criblé d'abcès et demande s'il peut se fixer.

XXXVII

Assise sur l'arête du lit devant la porte entrouverte de sa chambre, Alice se tient face à la pièce où s'est retranché Zerr. Jambes jointes, mains posées sur les cuisses, le dos droit, un mélange d'admiration et d'impatience sur le visage, elle sait que cet homme dont on admire le talent écrit. Sur elle. Pour elle. Pour eux.

Plus besoin de se remémorer les passages de livres qui la berçaient. Plus besoin d'imaginer ce dont sa vie pourrait être faite. À quoi bon maintenant que sa présence inspire les lignes qu'il offrira à la postérité ? Un avenir se dessine, le passé n'existe plus, tout peut s'effacer.

Des bruits provenant de la cuisine l'arrachent à ses pensées, puis cessent, un instant seulement. Lorsqu'ils reprennent plus vifs encore, elle se lève, hérissée.

Suzanne fouille, trempée, ébouriffée, paniquée, retournant placards et tiroirs, un à un, claquant les portes, une à une. Elle se retourne, furieuse, lorsqu'elle devine la présence d'Alice :

— Elles sont où ? aboie-t-elle.

— Où est quoi ?

— Les bouteilles ! Tu les as mises où ?

Le carton de vodka a disparu. Alice jette un œil par-dessus son épaule, inquiète que Zerr puisse être dérangé. Suzanne en profite pour se planter à quelques centimètres d'elle :

— Elles sont où ? hurle-t-elle.

En une fraction de seconde, Alice attrape Suzanne par les cheveux pour lui tirer la tête dans l'évier, brisant dans le mouvement une bouteille vide qui s'y trouvait. Elle ouvre le robinet d'eau glacée sur le visage qui étouffe, crache, suffoque. Elle s'empare d'un tesson, l'appuie sur la carotide entre les cheveux collés, coupe l'eau pour mieux se faire entendre puis, se penchant, lui souffle à l'oreille :

— Il n'y en a plus. Pas que je me soucie de ta santé, non, mais... Il se passe quelque chose ici que tu ne peux pas comprendre. Une chose belle, que même lui n'avait pas imaginée. Si tu empêches ce qui est en train de se passer dans cette maison, je te tue. Tu comprends ? S'il y a une chose qu'il ne faut pas que tu oublies, c'est ça : aussi sûrement que l'autre jour je t'ai sauvée, je te tuerai.

Alice maintient Suzanne sous son emprise le temps de se répéter le message mentalement, de s'assurer n'avoir rien omis. Sa main se crispe si fort sur le morceau de verre qu'elle s'en entaille un doigt sans que la douleur ne l'atteigne. Puis elle libère lentement Suzanne qui se redresse terrifiée. Lorsque celle-ci a fui la pièce et couru se réfugier dans le cagibi, les traits d'Alice recouvrent instantanément une troublante ingénuité.

XXXVIII

Debout derrière la porte de son bureau, Zerr a saisi l'essentiel de ce qu'il s'est passé. Il sort sans se précipiter, prenant soin de verrouiller.

Alice passe sa main sous l'eau quand il apparaît et l'accueille d'un sourire. Il semble s'inquiéter :

— Vous êtes blessée ?

— Non, ce n'est rien. En voulant ramasser du verre brisé… Je suis maladroite…

À la vue du sang, Zerr va chercher dans un tiroir de quoi soigner la plaie.

— Faites voir, lui commande-t-il.

Il s'approche et prend la main d'Alice pour mieux évaluer l'entaille. Le contact des doigts puissants dépliant délicatement sa main la bouleverse. Mélange étrange de douleur et de picotements au cœur. Elle s'abandonne, espérant secrètement que le sang ne s'arrête jamais de couler. Étirer cet instant pour sillonner les traits de son visage, humer la peau, se glisser dans ses yeux. Elle ne soupçonnait pas que son accrochage avec Suzanne conduirait à ce moment privilégié.

— Je vous fais mal ?

— Non, ça va…

Zerr n'est pas insensible non plus à cette soudaine intimité. Il finit le pansement avec une précaution qu'il pensait oubliée.

— Ça va mieux ?

S'il savait à quel point l'apaisement qu'il procure à son âme dépasse l'inconvénient de ce petit bobo, s'amuse Alice. Elle le regarde, leurs visages sont proches. Sensation mille fois éprouvée dans ses lectures, du roman de gare au classique romantique. C'est éculé, elle le sait, mais le vivre vraiment... Allez, il suffit de ne pas réfléchir, ce n'est même pas oser, juste se laisser... Allez ! Alice pose un court baiser sur les lèvres de Zerr.

Il se laisse faire, immobile, jusqu'à ce que les lèvres se détachent. Tremblante, elle prend conscience de son audace.

— Pardon...

Lu et relu, une fois encore. Ça la surprend : rien ne sert donc d'être original ni aux choses de se révéler extraordinaires pour être bouleversée ? Tant mieux. Et tant qu'à faire, assumer jusqu'au bout le cliché : elle court se réfugier dans sa chambre, étourdie par cette émotion volée. Et consciente du temps perdu qu'elle a laissé s'envoler.

Ça rime, c'était dans un roman de gare, elle en est sûre. Elle l'avait littéralement vécu et fiévreusement dévoré.

XXXIX

Alice a claqué la porte pour s'y adosser, frissonnant d'excitation et de culpabilité. Qu'est ce qui m'a pris ? Comment ai-je pu oser ? Les pas de Zerr approchent, puis cessent, juste de l'autre côté. Elle sent une hésitation, attend, souffle retenu, le cœur s'emballe... Puis le bruit de la clé dans la serrure, la poignée qui s'ébranle, les pas qui s'éloignent dans le bureau. Alice baisse la tête. Évidemment, pouvait-il en être autrement, qu'allait-elle s'imaginer ?

Un nouveau grincement de plancher, on frappe timidement à la porte. Elle sursaute. Non, ce n'est pas Suzanne, il ne peut s'agir que de lui, il n'y a que comme ça que ça peut être écrit ! Elle ouvre presque malgré elle. Il est là, se tenant droit, une robe sur les avant-bras et un collier de perles déposé en son creux, dans un pli du tissu.

— Oui ? souffle-t-elle.

Zerr est étonnamment fébrile, vulnérable, comme elle ne l'a jamais vu :

— Pour mieux me représenter certains personnages, il m'arrive de leur choisir une tenue. Je me disais... Je me suis dit que peut-être elle vous irait et que... Enfin, ça me ferait plaisir si nous pouvions dîner ensemble ce soir. Il y a un collier aussi...

Émue, Alice n'accepte pas tout de suite. Zerr prend son hésitation pour un refus.

— Je vous demande pardon, c'est ridicule.

— Non !

Elle fait un pas pour accueillir la robe, ornée du collier, qu'il pose sur ses avant-bras. Elle les observe, incrédule :

— Je serais ravie...

Zerr esquisse un sourire empreint d'une gêne palpable, puis avant de regagner son bureau :

— À tout à l'heure.

— À tout à l'heure, oui.

Lorsqu'il lui tourne enfin le dos, Alice s'aperçoit que Zerr a laissé sa porte entrouverte. Elle découvre furtivement un recoin de la pièce, éclairé par une faible lumière et tapissé de livres. Puis la vue disparaît sur cette promesse qu'elle accueille d'un sourire secret. Alice étend religieusement la robe sur le lit et s'enferme.

XL

Un trait de lumière fend l'obscurité vers le visage de Suzanne par la porte entrouverte. De son refuge, elle peut surveiller le couloir et apercevoir Alice sortir de la chambre, vêtue de la robe blanche sur laquelle roulent les perles du long collier. Certaine d'être observée, Alice jette un regard d'avertissement vers le cagibi, par-dessus son épaule, avant de s'éloigner vers la cuisine. Ce dîner signifie tant pour elle, Suzanne est prévenue. Revivant la menace du dessus de l'évier, celle-ci s'est adossée au mur pour ne pas être vue. Réfugiée dans l'ombre, elle voit le collier rouler dans sa main et semer les reflets de perles à la surface de sa mémoire...

Elle a onze ou douze ans, elle ne sait plus. C'était quelques années avant de se faire confisquer la bouteille, c'est presque sûr, elle est devant une table de chevet... Ah si ! Elle se souvient, elle avait onze ans, sa chambre était encore décorée comme celle d'une enfant, elle venait de se voir offrir sa dernière peluche, ça ne l'intéressait plus. Elle secoue sa tirelire et n'en soutire que quelques pièces. Elle réfléchit un instant, puis sort discrètement, parcourt les quelques mètres qui la séparent de la chambre parentale. Enfin, ses parents... Elle tend l'oreille vers le bas de l'escalier. Le sifflement d'un aspirateur lui parvient de l'étage du dessous, elle en profite et ouvre prestement la porte. Sur la commode en bois coiffée d'une plaque en marbre, la boîte à bijoux. Elle l'ouvre, fouille, prend les boucles d'oreilles, non, le collier... Elle hésite... Oui, le collier de perles, ça vaut plus d'argent, qu'elle glisse dans sa poche avant de s'enfuir. Le même collier que celui porté par Alice, à peu de chose près... Non le même, exactement, elle se souvient maintenant, ça doit être pour ça qu'il lui fait cet effet...

XLI

Plus apprêté qu'à son habitude, portant une chemise défroissée et un semblant de coiffure, Zerr est voûté sur sa chaise et se tord nerveusement les mains sous la table. Le couvert est dressé et une bougie réchauffe l'atmosphère. À l'apparition d'Alice qui entre timidement dans la pièce, il se redresse dans un léger mouvement de recul et reste un moment interdit.

Camille vient de prendre vie, incarnée par cette femme que les dernières heures ont délivrée de ses prudences et habillée de volupté. Lèvres rougies par la fébrilité qui se détachent sur sa carnation pâle, boucles rebelles qui s'évadent d'un chignon que tente de dompter un crayon à papier, courbe de ses hanches, gorge aux appâts insoupçonnés réveillant l'étoffe de cette robe innocente... Il se lève pour l'accueillir.

— Je me suis fait un peu attendre, s'excuse-t-elle.

— Je ne suis plus à ça près, ironise-t-il, craignant de saluer trop banalement sa beauté.

Après avoir tiré la chaise et prié Alice de s'y installer, il ouvre une bouteille de champagne pailletée de fraîcheur :

— J'en garde une pour célébrer la fin de chaque livre. C'est ma dernière.

— C'est fini ? s'illumine-t-elle.

— Quasiment, oui. Il n'y a plus qu'à transcrire.

Cette fois c'est sûr. À l'expression de Zerr, Alice pressent le rôle essentiel confié à Camille. Elle s'en intimide, cherche une contenance...

— Comment un auteur sait si une œuvre est terminée ? élude-t-elle.

Il réfléchit un certain moment avant de répondre prudemment :

— Quand il recouvre une sorte de paix intérieure, de soulagement, je pense. Quand ses tourments sont apaisés.

— Il ne vous en reste donc presque plus ?

— D'autres naîtront, c'est la signature de la vie. C'est pour ça qu'on écrira toujours. Des lettres ou des livres d'ailleurs. Ça doit être aussi la raison pour laquelle on lit, pour laquelle on se projette dans un personnage...

Puis indiquant d'une œillade le cagibi où se terre Suzanne :

— Avec des conséquences surprenantes parfois...

— Et les tourments de Camille ?

Zerr entretient le mystère d'une moue évocatrice.

— Même pas un indice ? s'amuse-t-elle.

— C'est vrai que vous aimez ça, les indices.

— Ah bon ?

— La couverture de mes romans. J'imagine que c'est vous qui avez deviné...

— Coupable, plaide-t-elle.

— Je suis joueur. Ça ressemble à un profil, je sais. Pur hasard, ça m'a amusé. Je ne me doutais pas qu'un esprit brillant imaginerait un jour les contours d'une île.

— Perdu.

— Ou gagné. Tout dépend du point de vue...

Zerr a eu le temps de remplir les verres et d'en proposer un à Alice. Yeux dans les yeux.

XLII

Tapie dans l'obscurité, Suzanne distingue à peine les voix qui lui parviennent du dîner. Alice éclate de rire, un peu ivre. Sur la table, la bougie consumée témoigne de la saveur du moment. Zerr s'excuse presque d'éveiller chez la jeune femme une joie si fraîche et charmante :

— Qu'est-ce qui vous fait rire ?

— Rien, c'est juste que... Je ne sais pas, vous me rendez gaie. Je me sens bien. Ça faisait longtemps.

— Longtemps ?

— Mon âge, à peu de chose près.

Zerr laisse poindre un amusement aussitôt réprimé.

— Et vous ? s'enquiert-elle.

— Moi aussi, répond-il d'une voix trop neutre.

— Ça vous rend triste, on dirait.

— Ce n'est pas un sentiment auquel je m'attendais.

— Vous vous attendiez à quoi ?

— À tout. Sauf peut-être à ça, rajoute-t-il presque pour lui-même.

— Mais encore ?

— On imagine une histoire, avec ses péripéties, ses personnages... Mais que l'un d'entre eux prenne chair devant vos yeux, et tout votre joli plan peut capoter.

— Il suffit de changer l'histoire...

— Il suffirait.

— Vous êtes l'auteur.

— Par nécessité.

— Nécessité ?

— Par orgueil, si vous préférez. Contrairement à vous, pour moi la lecture seule n'a jamais rien effacé, ni soulagé.

— Mais la lectrice que je suis ne serait rien sans vous...

— Et sans la lectrice que vous êtes, l'auteur ne sera probablement jamais apaisé...

— Nos destins seraient donc devenus indissociables ?

— Il semblerait.

Elle le regarde longuement, radieuse, mais ne parvient pas à défaire Zerr de cette gravité qui l'imprègne :

— Merci, lui dit-elle simplement.

— Pour quoi ?

— Pour tout. Pour rien. Comme ça...

Zerr la regarde longuement sans rien dire, puis se lève, presque à contrecœur :

— Sur ce joli sourire, je vais vous quitter.

— Déjà ? C'est peut-être notre dernier soir.

— Je vais me dépêcher de rédiger la fin. Avant que vous ne la changiez.

Elle rit.

— C'était une délicieuse soirée, s'émeut-il enfin avant de s'en aller.

Regretter qu'il la quitte ? Se réjouir qu'il écrive ? Alice ne sait que penser. Et si justement elle cessait de trop le faire, penser ! Si... À peine a-t-il entrouvert la porte de son bureau qu'elle se lève pour le rattraper :

— Franck ?

Il se retourne. Emportée par l'audace, elle se campe devant lui :

— Pour la fin, j'aimerais vous soumettre une idée...

Elle jurerait que ces mots-là, elle ne les a jamais lus. Cœur battant, Alice tend fébrilement le bras pour l'entraîner dans la chambre. Il hésite, fait un premier pas, cherche à résister. Il fixe l'étoffe blanche comme si elle emprisonnait un remords qu'il fallait fuir. Elle lui a lâché la main pour reculer encore, se cacher du couloir. Sans libérer son regard, elle tombe sa robe le long du corps, maladroitement, offrant une nudité qu'elle tenait pour honteuse depuis si longtemps. Troublé, Zerr semble la supplier de ne pas insister, luttant pour renoncer à ce dernier pas qu'il est si certain de regretter. Craignant d'être éconduite, la jeune femme doute, tremble, réalise qu'elle est nue, que c'est stupide, qu'elle a eu tort, couvre sa poitrine, elle ne le fera jamais plus... Face à ce désarroi, il achève de capituler, franchit le seuil et l'enveloppe de ses bras.

Par sa porte entrebâillée, Suzanne voit la lumière de la chambre s'évanouir.

XLIII

— Oh !

Effondré sur la moquette souillée de la chambre, le jeune homme fait mille efforts pour lever une paupière. Du bout de sa basket usée, son frère lui bouscule le visage pour s'assurer qu'il n'est pas encore mort, shooté.

— Ooohhh !!!

Il jurerait que c'est le pied qui est en train de lui parler. Puis une voix de femme lui parvient d'un escarpin fuchsia planté un peu plus loin :

— C'est qui ?

— Grosse merde de frangin. Enfin, ce qu'il en reste...

La pointe du pied lui tamponne maintenant le torse :

— Bouge, on doit niquer.

Une basket qui nique un escarpin, ça doit être top à mater, se marre-t-il en lui-même. Ça n'a pas l'air de faire rire la basket qui revient à la charge. Forces dissoutes dans la bouillie de son corps, le jeune homme ne parvient pas même à prendre appui sur son coude. Une main fraternelle lui vient en aide. Par le col :

— Putain...

Traîné au sol jusque devant la porte de la chambre, il rouvre les yeux pour assister à un bref échange entre la basket pudique et une chaussette qui passait par là, trouée :

— Tu vas le laisser là ?

— T'as qu'à le bouger toi, c'est ton fils !

Sur ces mots, la basket rejoint l'escarpin dans la chambre, l'abandonnant en tête-à-pied avec la chaussette mutilée :

— Oooh...

Ah, ça, il reconnaît. Elle poursuit :

— Va falloir que tu te casses. Ou alors tu ramènes de la tune si tu veux rester.

La chaussette se barre à son tour, accompagnée par une chaussette dépareillée sur le second pied.

XLIV

Parvenue à pas de loup dans la cuisine, Suzanne n'y trouve que quelques restes qu'elle s'empresse de dévorer. Pas une goutte d'alcool en revanche... Elle retraverse le couloir sur la pointe des pieds quand elle voit la porte du bureau entrouverte. Elle hésite. Les gémissements qui lui parviennent de la chambre finissent par la convaincre d'entrer. Elle prend soin de bien laisser la porte dans la même position derrière elle.

Peur au ventre, Suzanne progresse à tâtons, s'approchant du bureau dans la quasi-obscurité. Elle repère enfin l'ordinateur portable dont elle soulève l'écran, éclairant faiblement la pièce. Le document apparaît :

« *MeMorTem* »

En bas de la première page, une phrase l'interpelle :

« *L'oubli a un prix dont la mort seule a les moyens de s'acquitter.* »

Suzanne fait défiler le texte, espérant un indice, elle ne sait pas quoi précisément, quelque chose, n'importe quoi. Elle tape « Suzanne » dans la barre de recherche, enchaînant les allers-retours, de haut en bas, de gauche à droite. Des bribes de phrases surgissent, « *Fuir. Jusqu'à son reflet...* », « *Immobile et droite devant le petit paysage du lac sous un clair de lune...* ». De l'autre côté du couloir, les gémissements se font plus présents.

Abandonnée, allongée sur le dos, Alice se laisse aimer. Ses ongles s'enfoncent dans les muscles bandés, elle s'agrippe, avide de cette emprise jamais vécue qu'en l'imaginant dans les pages de romans. Prise d'un élan qui lui échappe, elle roule, l'entraîne, fait chavirer les corps. Puis ondule progressivement le bassin sur son amant, explorant des ardeurs ignorées jusqu'alors.

Suzanne retourne sur la barre d'outils pour y inscrire « Alice », mais rien. Elle se reprend, corrige pour « Camille ». Parmi les mentions du nom, une surgit :

« *Camille l'a menée à moi. Comme prévu. Enfin.* »

N'avait-elle pas juré qu'ils ne se connaissaient pas ? Pourquoi a-t-elle menti ?

Zerr renverse à son tour Alice, pesant de son désir sur le ventre, y puisant le sien, puissant, lui entravant un poignet d'une main, glissant l'autre sur les seins, remontant jusqu'à la gorge...

La peur agite les yeux de Suzanne à mesure que le texte défile. Elle se rue vers la fin du document. La dernière ligne lui bondit aux yeux :

« *Unies soient-elles en ce jour dernier.* »

Un cri étouffé lui parvient de la chambre. Gémissement de douleur ? Râle de jouissance ? Effrayée, Suzanne ouvre un tiroir, puis un autre, à la recherche d'un objet pour se défendre. Une paire de ciseaux, enfin... sous lesquels elle distingue une photo. Un cliché qu'elle n'a pas le temps de détailler avant que la porte de la chambre ne s'ouvre. Suzanne se fige.

Zerr sort, essoufflé, transpirant, nu. Dans la chambre, pas un bruit. Il se dirige chancelant vers la cuisine.

Suzanne a entendu les pas s'éloigner. Elle s'adosse au mur derrière la porte, prête à surprendre Zerr s'il venait à entrer.

Il s'approche de l'évier, se passe la tête sous l'eau, prend un couteau de cuisine, tend l'oreille vers le couloir, tourne le visage… Est-ce un grincement de bois ? Le sentiment d'une présence ? Plus rien, ce doit être son imagination. Il attrape un citron, le tranche pour le presser dans un grand verre qu'il remplit d'eau et engloutit, il n'a plus l'habitude, ça l'a épuisé. Puis il retourne vers la chambre, laissant le couteau en évidence près de l'évier.

À hauteur de son bureau, il remarque la clé toujours dans la serrure. Entraîné par Alice il n'avait pas fermé…

Suzanne retient son souffle. Longtemps. Assez pour que, sur le bureau, l'écran du portable passe en mode veille…

Zerr voit la faible lueur mourir sous la porte. Son regard remonte en glissant sur la cloison. Sans elle, Suzanne sentirait le souffle de l'homme sur sa nuque, elle est à quelques centimètres seulement… Tendue, prête à bondir… Un craquement de plancher, Zerr fait un pas, Suzanne serre les ciseaux, contracte le bras… Non, il entre finalement dans la chambre, les pas s'éloignent, il referme la porte.

Suzanne guette ce qui lui semble une éternité avant d'oser un geste. Lorsqu'elle revient au tiroir, la photo est juste là, sous sa main. Elle la prend et, vainquant son appréhension, ravive la lumière de l'écran. Elle se voit, jeune fille, la même qui cachait les bouteilles de vodka sous son lit. C'est elle, elle se reconnaît, adolescente couchée sur le papier glacé, et étouffe un cri. Partir. Fuir à tout prix !

Haletante, elle entrouvre prudemment la porte pour se glisser hors du bureau, longe le mur, là où le plancher est muet, moins fatigué. Traversant la cuisine, elle remarque le couteau. Soudain, elle se fige… Ce parfum qui l'accompagne depuis le couloir, flottant dans l'air, perdu par la moiteur d'une peau… Elle l'inspire à pleines narines, le reconnaît !

Une main jaillit dans son esprit, saisissant un flacon sur l'étagère d'une luxueuse salle de bains. La main est trop haute… Ou est-ce elle qui est encore toute petite ? L'homme dont elle ne se figure pas le visage verse quelques gouttes dans sa large paume puis la porte à son cou. Une essence identique à celle du couloir enveloppe les images exsudées par sa mémoire. C'est le même. Le même parfum que Zerr.

Elle reprend ses esprits, s'empare du couteau et, ne voulant à aucun prix remonter la piste de la senteur dans le couloir, prend le manteau d'Alice qui pend dans l'entrée pour abandonner la maison et s'enfermer dans la nuit.

XLV

Le vent est tombé, la pluie a cessé. Le soleil pointe à l'horizon, nappant de reflets d'aurore les eaux somnolentes, les flots épuisés.

Un rayon s'invite dans la chambre par un défaut du volet et rebondit sur le grain pâle d'une peau nue, au milieu du lit.

Le jour se lève sur le corps abandonné d'Alice, visage enfoui dans ses cheveux.

XLVI

L'aube devenue plus intense illumine son bureau, il écrit. Les phrases défilent sur l'écran à rythme soutenu avant d'être interrompues dans leur course par la porte qui s'entrouvre doucement.

Enroulée nue dans une couverture, Alice apparaît, découvrant l'antre de Zerr pour la première fois. Ses yeux émerveillés balaient les murs tapissés d'étagères, soutenant des milliers de livres du sol au plafond. Elle fait un pas en avant, happée par les alignements d'ouvrages.

— Je peux ? demande-t-elle.

Il l'accueille d'un clignement d'yeux.

Elle entame un tour minutieux de la pièce, parcourt les dos, effleure des doigts, caresse les souvenirs des personnages qui prennent vie au gré des titres pour peupler son sillage. Elle entend leur foule l'escorter, de ses souvenirs jusqu'au présent, jusqu'à Zerr qui a discrètement fait glisser son curseur pour afficher une page blanche à l'écran.

— Tu écrivais ? feint-elle de s'apercevoir.

— Oui, lui répond-il d'un mouvement de paupières.

Alice remarque la page blanche :

— Panne d'inspiration ?

Il la rassure d'un non. Elle se penche délicatement pour poser un baiser sur ses lèvres.

— Un indice ? soupire-t-elle, joueuse.

Il sourit à peine, mais Alice ne s'en offusque pas. La fatigue, sans doute, quoi de plus naturel après la nuit dernière. Légère comme jamais elle n'a pu rêver l'être, elle précède chacune de ses phrases d'un nouveau baiser :

— L'auteur est apaisé ?

— C'est en bonne voie.

— Et Camille ?

— J'ai retenu l'idée d'Alice.

— Son héros est sauvé ?

— Elle tient son salut entre ses mains.

— S'il est libéré, elle le sera aussi. Dans ton livre et dans tes bras.

Elle l'embrasse, plus langoureusement cette fois. Il se laisse faire, troublé. Sans doute n'avait-il pas envisagé qu'un personnage échappe à sa plume pour prendre vie de la sorte. L'auteur entrevoit avant d'écrire, le lecteur lit avant d'imaginer. Mais voilà que tout bascule, qu'il savoure les lignes insoupçonnées d'une Alice bousculant les contours de la Camille qu'il s'était figurée.

— Tu ne veux vraiment pas que je lise ?

Zerr fait non.

— Certain ?

— Un destin reste à préciser.

Imperceptiblement, Alice se raidit, mais parvient à garder presque intacte sa légèreté :

— Suzanne ?

— Un personnage sur lequel un doute subsiste, concède-t-il. Il faut que toutes les boucles soient bouclées, ou tout serait gâché. Ou alors tout recommencer...

— Elle pourrait mourir...

Parle-t-elle du personnage ou de Suzanne elle-même ? Elle n'en sait rien, serait incapable de le dire, ça lui a échappé. Elle se souvient de ce passage où un père, voyant venir au monde son enfant, découvrait qu'il était dorénavant capable de donner la mort à quiconque lui voudrait du mal, sur-le-champ. Peut-être est-ce cela aussi, aimer : se savoir capable de tuer pour sauver un être, d'un meurtre pour immortaliser un sentiment. Devant le mutisme de Zerr, sans doute aussi pour chasser cette idée dont le genre vous vient parfois à l'esprit, Alice minimise en souriant :

— Juste disparaître... Qui sait, le personnage principal a peut-être changé...

— Elle a déjà disparu. De la maison.

— Ah.

Une information qu'elle accueille comme un soulagement, prélude à une réalité nouvelle, exempte d'ombres, qui lui appartiendrait exclusivement. Est-ce pour cela que les mots que Zerr vient de prononcer lui reviennent à l'esprit ?

— Tout recommencer... ? répète-t-elle.

— Repartir à zéro.

— Le roman ou... ?

— Tout est si intimement lié...

— Et tout oublier ? ne peut-elle s'empêcher de demander, repensant à leur nuit.

— Les femmes sont peut-être plus aptes à le faire.

— Ah bon ?

— Parce qu'elles sont capables d'un attachement plus pur, plus profond, je pense. Par amour, par principe, par fidélité, par vertu... Tant de choses qu'un homme trahit si facilement. Perdre un texte, c'est peu ; une guerre, passe encore. Mais perdre un amour tel que vous êtes capable de l'éprouver, un amant, un enfant que vous avez porté... Comment feriez-vous pour survivre à la perte d'un attachement si pur et profond si vous n'étiez pas plus aptes que nous à la surmonter en oubliant ?

— Tout effacer... Tes tourments seraient ravivés.

— Dans une autre histoire ?

Il réfléchit un court instant :

— Qui sait...

Tout pouvait-il être aussi simplement remis en question ? Quel est cet obstacle qui empêche Zerr de goûter aux saveurs de l'instant ? Quelle est cette douleur qui lui fit imaginer le personnage de Suzanne pour qu'il y soit à ce point attaché ? Et qui est-elle finalement pour lui confisquer ce bonheur qu'elle n'osait plus convoiter ?

— J'ai été un peu dure avec elle hier, je vais aller lui parler, lui souffle-t-elle avant de tendre un dernier baiser. Dépêche-toi, que je puisse prendre le bateau si la fin m'a déçue...

Presque badine, elle se redresse et s'apprête à le quitter.

— Alice ? lui lance-t-il juste avant qu'elle ne franchisse le couloir pour regagner la chambre.

— Oui ?

Mais il ne trouve pas le mot, prisonnier d'un silence qui sonne à s'y méprendre comme un dilemme, un remords. Toute à sa légèreté, elle ne s'en aperçoit pas :

— Je n'ai que des bonnes idées, je sais.

Puis baissant volontairement la couverture qui l'enveloppe pour dévoiler ses reins, elle disparaît, frivole, refermant derrière elle la porte du bureau.

Zerr la fixe un long moment, assailli par une pensée qu'il tente d'ablater en se pressant la tête dans l'étau de ses mains. À la limite de l'anéantissement, il affiche son texte à l'écran.

XLVII

C'est la nature qui célèbre le matin d'une nouvelle vie, se dit Alice. Pour profiter pleinement des rayons du soleil, elle a revêtu la robe offerte par Zerr plutôt que ses propres vêtements. Elle longe la crête de la falaise, découvrant pour la première fois l'entièreté des contours de l'île. Elle appelle :

— Suzanne ?...

Aucune réponse, rien.

Un peu plus loin, à l'endroit lui semble-t-il où elles avaient discuté le premier jour, elle retrouve sa propre veste, celle que Suzanne avait enfilée la veille en quittant la maison. Elle appelle à nouveau :

— Suzanne ?... Suzanne ?

A-t-elle tenté de rejoindre le littoral à la nage, profitant de l'accalmie des eaux ? Elle s'approche du rivage, scrute la mer, appelle encore. En vain.

XLVIII

Zerr est penché sur son clavier, mettant un terme à son récit. Après en avoir rédigé les dernières lignes, il bascule en arrière et s'appuie sur le dossier de sa chaise, pour mieux apprécier le travail accompli. C'est la fin de son œuvre, il le sait. Tout du moins l'espère-t-il. Rien en lui pourtant n'exprime une quelconque satisfaction, ne trahit le moindre contentement. Tout reste à faire, mais cela dépend si peu de lui maintenant...

Il se lève, accablé, et s'approche d'une étagère. La boîte à chaussures qu'il en extrait était dissimulée derrière une rangée de livres. Il en époussette le couvercle, l'ouvre, observe longuement le contenu. Puis il en sort le revolver qu'il pose avec précaution sur le bureau.

XLIX

C'est un versant de l'île qu'elle ne connaît pas encore, où des cascades de rochers plongent dans l'océan. Là où elle aperçoit une barque en bois, ventre à l'air sur la grève. Là où elle voit au loin Suzanne essayer de la renverser pour la mettre à l'eau.

— Suzanne !

Elle n'entend pas tout de suite. Alice a dévalé la moitié de la coulée de pierres et en fait rouler quelques-unes avant que Suzanne ne la remarque enfin. Hagarde, épuisée par ses efforts et la nuit passée dehors. Son visage ne s'anime que lorsqu'Alice n'est plus qu'à quelques pas.

— Tu lui as échappé ? sourit-elle.

— Échappé ? s'étonne Alice.

— Tu es vivante... Tu es vivante !

Répétant ces mots, Suzanne se jette dans ses bras. Puis elle desserre rapidement son étreinte et retourne pousser la barque :

— Aide-moi, on va s'enfuir. À nous deux, il ne nous aura jamais.

— Suzanne...

— Aide-moi ! hurle-t-elle soudain, passant brutalement d'une humeur à l'autre. Il va nous tuer !

Alice doit la prendre par les épaules pour que Suzanne cesse enfin de pousser.

— Calme-toi, il ne nous veut aucun mal.

En un éclair, elle fait volte-face, prise d'une sorte de démence, enchaînant des propos décousus sur le ton de la confession ou avec véhémence :

— J'ai lu ! Je suis entrée dans son bureau hier soir. Tout s'explique ! J'ai lu ! Il attendait ! Il *nous* attendait... La photo... Il ne t'a pas fait de mal ? Ça va ? Il t'a violée, comme ton père, hein, c'est ça !

— Non, Suzanne... lui répond-elle calmement, presque apitoyée. Tu sais, pour mon père, je voulais te dire...

— Il veut nous tuer ! Ensemble ! renchérit-elle avec plus de certitude encore. S'il t'a épargnée c'est pour ça ! Je l'ai lu, « *Unies soient-elles en ce jour dernier* », c'est écrit, c'est aujourd'hui ! C'est pour ça qu'il t'a laissée partir !

Alice se tait, désarmée. Suzanne s'adoucit, tente la voie de la raison pour mieux la convaincre :

— Viens, à deux on peut la retourner. La mer est calme, il y a les rames, on atteindra bientôt la côte, toutes les deux.

Elle se remet à pousser. Seule. Puis, implorant le soutien d'Alice :

— Aide-moi ! hurle-t-elle.

— Je ne pars pas.

Suzanne se fige, incrédule :

— Tu ne pars pas ?

— Je reste, Suzanne.

L

Pouvoir se regarder dans un miroir. Vraiment. Drôle d'expression quand on y pense. Comme si c'était le passage obligé d'une introspection autrement impossible, comme si notre propre image était la plus apte à nous convaincre de nos bassesses, comme si le regard des autres ne suffisait pas.

Comme si vivre seul sur une île et supprimer tous les miroirs pouvait être une issue.

Dans la salle de bains étriquée, dans le reflet de l'armoire suspendue, droit dans les yeux, Zerr se fait face. Le temps nécessaire. Puis il ouvre le coupe-chou, contemple la lame froide et luisante, en juge le tranchant du gras du pouce. Un trait de sang le traverse instantanément.

LI

— Le bateau va arriver. On va retrouver qui tu es, te soigner. Viens.

La main que lui tend Alice lui semble l'ultime appât d'un piège prêt à se refermer sur elle.

— Me soigner ?

— Calme-toi, viens nous rejoindre...

— Nous ?

L'évidence foudroie Suzanne :

— Tu es avec lui...

— Il n'y a aucune raison de s'en méfier...

— Tu es de son côté ! la coupe-t-elle d'une voix blanche. C'est toi qui m'as attirée ici ! C'est écrit, je me souviens : « *Camille l'a menée à moi. Comme prévu !* » C'est écrit !

— Suzanne...

Alice s'approche pour tenter de l'amadouer, mais Suzanne ramasse à ses pieds le couteau de cuisine emporté la veille :

— N'approche pas ! Ne m'approchez pas ! Ni toi, ni... Ou c'est moi qui vous tue !

Elle avance, démente, lacérant de sa lame le bleu du ciel :

— On fait moins la maligne, hein ? Vous avez cru quoi ? Que j'allais me laisser faire ?

Reculant devant la menace, Alice finit par trébucher. Suzanne bondit, se rue sur elle, folle. Gifles, cheveux, griffes... Plusieurs fois, Alice parvient à esquiver la pointe qui s'abat, se dégage dans un cri de survie, se redresse, fuit, trébuche à nouveau, escalade à quatre pattes, coudes écorchés, genoux entaillés... Elle déjoue les pièges dressés par la falaise, insultant la peur, s'arrachant aux sursauts de Suzanne. Lorsqu'enfin elle agrippe le sommet, elle se hisse, court vers la maison, terreur au ventre, poumons en feu... Suzanne la poursuit, furie, couteau à la main.

La maison, là, quelques foulées encore, le sol trempé se dérobe sous ses jambes, pas maintenant, non, appeler à l'aide, ne pas chuter...

— Franck ! Franck !

La porte d'entrée vole sous ses bras tendus, elle tente de la refermer sur elle, mais la large lame s'insère et s'y oppose au dernier moment. Alice pousse, tentant de contenir la salve des coups d'épaule.

— Franck !... Franck !

Rien à faire, la rage décuple les forces de Suzanne, Alice cède, traverse la cuisine, personne, fonce vers le bureau, oui, il est là, assis devant l'écran, se réfugier derrière lui, vite... Mais... Elle n'a pas le temps de réaliser que Suzanne fait irruption à son tour et s'arrête net, pétrifiée, à un pas de la table usée.

Zerr est resté calme, devant son ordinateur ouvert. La barbe a disparu, les cheveux sont rasés. Les yeux fixent Suzanne, attentifs, impassibles.

Sur le bureau, un baigneur, dans son petit costume de bébé. Couché, à côté du revolver. Juste à côté.

Suzanne avance, dévastée. Le couteau tombe au sol, elle prend la poupée tendrement entre ses mains, la serre contre elle, puis s'effondre, en larmes. Elle lève un regard désespéré sur Zerr qui ne l'a pas quittée des yeux. Ils revoient la même scène. La revivent. Ensemble.

LII

Jeune, rasé, il s'introduit avec son frère dans une villa luxueuse, de nuit par effraction. Ignorant si elle est occupée, ils avancent silencieusement. Il est shooté, il le sent. Pourquoi s'est-il laissé embarquer ? Aujourd'hui encore il l'ignore. Plus la force de dire non, les menaces de son père, la drogue aussi, forcément… Tout. Plus rien à perdre, probablement.

Une fois rassuré que la villa est bien vide, son frère entame le pillage, le traînant dans son sillage.

Il le revoit parcourir les pièces, renverser les tiroirs, fouiller les endroits où l'on cache habituellement les valeurs ou l'argent. Sans conviction, lui porte le sac de sport dans lequel atterrissent bijoux, montres et autres objets vaguement précieux. En passant par la luxueuse salle de bains, il se fait asperger le visage d'un parfum trouvé sur le lavabo :

— Opium, ça te changera de l'héro, ricane son frère en lui agitant le flacon sous le nez.

Le parfum qu'il portait hier soir lors du dîner, Suzanne a dû remarquer.

Il rejoint son frère déjà parti explorer le salon. Une large bibliothèque y illumine son regard. Il s'avance vers elle, aimanté, ressuscitant le souvenir de ses lectures. Hugo, Hemingway, Anouilh… Gary. Il sourit, comme avant le foyer fermé, comme un enfant. À droite des livres, une platine. Un vinyle y est posé, prêt à jouer. Vivaldi, les *Quatre saisons*. Son frère, qui dépouille un placard, en sort une double pendule d'échecs :

— C'est quoi ce truc ?

Il ne l'entend pas tout de suite.

— Oh ! relance-t-il pour l'arracher à sa rêverie. Ça vaut de la tune ?

Il fait laborieusement non. Son frère jette le boîtier au sol.

Les souvenirs s'enchaînent, limpides, fluides, malgré la drogue, malgré le temps. Grâce au temps. Il en exhume chaque vestige des ruines de sa mémoire, chaque jour, les polit, les ressasse, les revit depuis presque quarante ans. La seconde où la famille apparaît dans le salon. La maman d'abord, tenant par la main la fillette qui serre son baigneur sous son bras. Elle le blottit contre cette petite robe blanche ressemblant tant à celle que porte Alice.

Suzanne se revoit à son tour, pour la première fois. Les images jaillissent, intactes, préservées de l'érosion par l'oubli qui les a tenues serrées tant d'années dans ses replis. Elle revoit le pas que Franck fait en arrière pour se dissimuler dans l'ombre de la bibliothèque, là où papa mettait sa musique et rangeait ses livres. Papa qui entre à son tour, faisant tourner son porte-clés sur son doigt, il le faisait si souvent :

— Allez petite Suzie d'amour, on va vite se coucher parce que demain, il y a...

École. Elle se souvient maintenant, ils avaient dîné chez des amis et elle avait école. La voix de papa s'est tue net, il a compris.

Lui aperçoit le père bondir sur son frère et, dans un geste fauve, le plaquer au sol. L'arme que celui-ci a eu le temps de dégainer vole sous l'impact et glisse sur le tapis. Il croule sous les coups de poing qui résonnent dans la tête, sur les côtes, dans les dents.

Suzanne les entend, elle n'a rien vu, la main de maman l'a tirée dans son dos pour lui en masquer le déchaînement.

Son frère se débat, là, devant lui, maintenant, ruisselant de sang. Il voit le père se jeter sur le revolver et hurler, il l'entend :

— Tu crois que ça te rend invincible, ton flingue ? C'est ça, petite merde ?

Puis qui assène un coup de crosse à son frère qui l'implore :

— Tire ! Tire !

C'est là, devant ses yeux. Le père qui cogne encore, pensant que l'ordre lui est intimé comme une provocation. La mère qui hurle, la fillette en pleurs. Cette arme qu'il sort chaque jour de son blouson, depuis quarante ans, lentement... Son frère qui trouve la force de soulever la tête pour supplier son aide :

— Tire, putain !

Puis le père qui comprend soudain que l'homme qu'il frappe n'est pas seul. Qui se retourne et, le découvrant armé, veut le mettre en joue. Trop tard, lui a tiré. La vision du crâne qui éclate dans un bruit sourd, le corps s'écroulant au flanc de son frère dans un son mat et lourd. La femme dont les cris le déchirent, protégeant son enfant derrière elle. Le temps qui se suspend, les sons qui s'éteignent, aspirés par l'horreur et la sidération. L'arme fume dans sa main, devant ses yeux étonnés, comme si elle avait commis le pire malgré lui, comme s'il n'avait jamais voulu tirer. Puis un nouveau coup de feu. La femme qui vacille, dont les jambes cèdent finalement. Les genoux qui heurtent le sol, le corps qui renonce malgré lui, livrant la petite fille qu'il tenait à l'abri. Son frère a ramassé son flingue et a tiré, sans sommation.

Pétrifiée, Suzanne découvre ses parents baignant dans le sang et n'a pas même la force de crier, ni à l'époque ni maintenant. Elle voit les yeux hagards de Zerr derrière son bureau, le même regard que celui qu'il a tourné vers son frère, cherchant à comprendre. Et lui qui répond, visage fracassé, « *Elles nous ont vus...* » avant de soulever son arme dans sa direction. Elle se souvient que pour unique réflexe, elle a glissé sa poupée dans son dos pour la protéger, elle aussi, comme maman. Et puis encore un grand bruit, qui lui claque les yeux et foudroie ses tympans.

La fillette est toujours debout, il vient d'abattre son frère. Entre elle et lui, les trois corps gisent au sol. La femme, aux pieds de son enfant. Le père, enfoui dans son sang. Et le vilain monsieur qui, en tombant sur la pendule d'échecs, a fait marcher la petite aiguille qui tourne en trottinant.

Halluciné, défoncé, il s'approche, enjambe la maman et s'accroupit devant la fillette. La consoler ? L'épargner de ce dont elle peut l'être encore ? Rien ne vient. Ils se regardent, ça dure éternellement.

Elle se souvient bien maintenant, il n'a pas l'air méchant. Juste très triste, avec les yeux de quelqu'un qui s'est perdu.

— Il faut que... Il faut que tu m'oublies. Que tu oublies ce qui vient de...

Elle trouve la voix douce, rassurante. Il s'entend prononcer cette phrase nappée de l'héroïne qui lui coulait dans le corps. Puis, allant presque inconsciemment chercher le baigneur dans le dos de l'enfant, il lui souffle à l'oreille :

— Oublie, ou je tue ton bébé.

Il se lève mollement et sort, le revolver dans une main, la poupée dans l'autre.

Quand il disparaît derrière la baie vitrée, Suzanne aperçoit les lumières du lac, la nuit, sous un clair de lune.

LIII

Son baigneur, entre ses mains... Le revolver, posé sur le bureau... Zerr... Les mêmes, elle avait quatre ans. Elle s'empare doucement de l'arme et la pointe sur le visage de l'homme qui reste impassible :

— Tout ça pour...

— Pour forcer le coffre-fort de ta mémoire. Pour me faire payer le prix de ce que j'y ai enfermé. Pour que tu vives, enfin.

Suzanne le fixe longuement, son regard s'embue... Puis, indiquant Alice :

— Elle savait ?

— Non. Je t'avais envoyé mon premier roman, mais que peuvent les livres contre les maux que je nous ai infligés ? Et puis... Une admiratrice qui s'épanche dans des lettres sirupeuses. Qu'on remplit d'une histoire parce que, faute d'en avoir, c'est tout ce à quoi elle aspire. La destinataire d'un prétendu client envoyé par mes soins dans sa boutique pour lui révéler ton existence. Un fil tissé, sous les traits de Camille, entre toi, à qui j'ai imposé l'oubli, et moi, qui n'en peux plus de me souvenir. Quelques lignes sur du papier, qu'on saute. Un personnage tellement secondaire, un trait d'union. Rien.

Livide, Alice s'est tournée vers Zerr.

Il n'a pas quitté Suzanne des yeux. Muettement, il supplie celle qui, arme au poing, chargée de douleur, lutte contre elle-même, entre rage et épuisement, entre pitié et vengeance. Son doigt se crispe sur la gâchette :

— Effacer vos souvenirs ?

Suzanne repose le revolver sur le bureau :

— Ils feront bien plus mal qu'une balle. Et c'est au-delà de mes facultés.

Zerr baisse la tête, résigné :

— Je sais.

Elle tourne les talons, emportant avec elle sa poupée quand... Dans un sursaut, Alice s'empare de l'arme et la pointe à son tour sur l'homme. Folle d'avoir été trompée, trahie, abusée, bien plus que dans aucun des livres dont elle s'était fabriqué un passé. Ne sachant à quelle émotion céder, la main tremblante, c'est elle qui semble cette fois supplier Zerr. Pardonner ? S'enfuir ? Enfouir à nouveau ? Tout recommencer ? Il la regarde, avec une infinie douceur, lui sourit tendrement. Puis, comme pour s'excuser du rôle qu'il lui a attribué en se piégeant lui-même, parce que, qu'elle l'aime ou le haïsse, le destin de son personnage est devenu inéluctable :

— C'est écrit.

Il ferme les yeux. Elle tire.

Alice reste figée, vacillante, la robe constellée de sang, telle la petite fille devant le corps de sa maman. Regard perdu, vide, étranger au drame qui s'est déroulé, comme celui de Zerr avant de s'effacer pour quarante ans, comme celui de Suzanne lorsqu'il a disparu derrière la baie vitrée. Dos au bureau, celle-ci a reconnu le claquement de l'arme, puis l'odeur de la poudre qui arrache en elle un parfum d'enfance. Se retourner ? Pour quoi faire ? Ce n'est plus son histoire, c'est celle d'une autre maintenant.

S'échappant du front, le sang de Zerr efface lentement les touches du clavier... Sur l'écran, l'ultime phrase du roman :

« *Celle que j'aurais voulu aimer autant qu'elle le fait me délivre à jamais de mes tourments.* »

LIV

Les contours de l'île se découpent fidèlement en rouge sur l'à-plat du fond noir. Coiffés par le titre, on jurerait un visage ensanglanté hurlant vers le passé.

MeMorTem

Attiré par la présentation avantageuse réservée au livre dans la vitrine, un homme est entré dans la librairie pour se le procurer. Apprêtée, Alice l'accueille d'un sourire poli. Le client pose l'ouvrage sur le comptoir :

— Vous l'avez lu ?

Alice fait « oui ».

— Le bruit court que ce serait peut-être le dernier.

Haussant légèrement les épaules, elle esquisse un « qui sait... »

L'homme observe la couverture et, jouant avec les mots :

— Me Mor... T'aime... Il paraît qu'il y décrit le plus puissant des amours.

Alice ne peut masquer un trouble diffus.

— C'est quelqu'un que je voudrais tellement rencontrer...

— Moi aussi, répond-elle, sincère.

Son regard se glisse entre les pages. Tout n'est pas oublié : elle aussi peut être aimée. Maintenant elle sait.

LV

Les phrases rebondissent à peine sur les murs du cabinet feutré. Suzanne entend diffusément le patient qui se livre, dans le prolongement de ses jambes, sur le canapé. Il l'appelle :

— Docteur ?... Docteur ?

— Pardon, se ressaisit-elle.

— Qu'est-ce que vous en pensez ? Je ne sais pas comment m'en débarrasser. Ça me tue. Littéralement...

— Les émotions sont intimes avec la mémoire. Elles aident à exhumer le souvenir. Ou à l'éluder, qu'il soit faux ou vrai.

— Ça vous poursuit toute la vie ?

Prenant soin de l'apaiser, Suzanne énonce d'une voix calme et posée :

— « *L'oubli a un prix dont la mort seule a les moyens de s'acquitter.* » Se souvenir, *c'est* vivre. Et s'offrir la chance de pardonner.

REMERCIEMENTS

À Léna, encre à laquelle s'écrit ma vie et première lectrice de mes mots.

À Jérémy Wulc, pour l'étincelle sans laquelle ce livre ne serait resté qu'une sombre idée.

À Loïc Di Stefano, pour m'avoir guidé de sa science avec une élégante humilité.

À Christian Carisey, pour sa confiance et sa passion.

À Joséphine Abdou-Manoury, pour la finesse de ses relectures.

À Donatella Brédas, pour la mise en lumière de mes premiers pas de romancier.

À Olivia de Dieuleveult, Muriel Réus, Frédéric Mialaud et tous ceux qui m'ont honoré de leurs pertinentes suggestions.

À l'île d'Elliðaey, pour le profil de ses rives et son unique maison.

À ceux qui n'y ont pas cru et m'ont involontairement mené sur le délicieux chemin que je viens d'emprunter.

À retrouver chez Kubik éditions :

COLLECTION OUTRENOIR

Jérémy Bouquin, *L'Ange de la cité,* 2023
Thierry Brun, *American Airlines,* 2023
Laurent Jayr, *Rogue Trader,* 2023
Olivier Martinelli, *De sang et d'or,* 2023

LITTÉRATURE GÉNÉRALE

Christian Carisey, *Pleine mer,* 2023
Pierre Chazal, *C'était demain,* 2023
Thomas Stern, *Je ne vais pas mourir,* 2023

Achevé d'imprimer en octobre 2023
Imprimé en France par Laballery à Clamecy
Dépôt légal : octobre 2023
N° d'édition : 01 – N° d'impression : 309331